Roland Buti

Das Leben ist ein wilder Garten

Roman

Aus dem Französischen
von Marlies Ruß

Paul Zsolnay Verlag

Die Originalausgabe erschien erstmals 2019 unter dem Titel *Grand National* im Verlag Éditions Zoé, Genf.

Mit Unterstützung von Pro Helvetia, Schweizer Kulturstiftung.
prohelvetia

1. Auflage 2020

ISBN 978-3-552-05999-3

Satz: Nele Steinborn, Wien
Autorenfoto: © Sébastien Agnetti
Umschlag: Anzinger und Rasp, München
Foto: © ullstein bild – Hedda Walther
Druck und Bindung: Friedrich Pustet, Regensburg
Printed in Germany

FSC
www.fsc.org
MIX
Papier aus verantwortungsvollen Quellen
FSC® C014889

Das Leben ist ein wilder Garten

Für Caroline

»Mir graut vor dem zukünftigen Termitenhaufen.
Und ihre Robotertugend widert mich an.
Ich jedenfalls war zum Gärtner geschaffen.«

Antoine de Saint-Exupéry,
Brief an Pierre Dalloz, 30. Juli 1944

Die Eile, mit der ich die Wohnung verließ, die Treppen hinunterrannte, dann im Laufschritt die mit Fahrrädern und Kinderwägen vollgestopfte Eingangshalle des Wohnhauses durchquerte, ließ mich unwillkürlich an die überstürzte Flucht eines Eindringlings denken, den die Morgendämmerung überrascht hat.

Wir waren in dieses Mietshaus gezogen, weil es nur eine knappe Viertelstunde zu Fuß vom Krankenhaus entfernt lag, wo Ana im Schichtdienst arbeitete.

Sie hatte einiges mitgenommen, was ich nicht ersetzt hatte. Ich versuchte, mir in Erinnerung zu rufen, was vor ihrem Auszug hier oder da gestanden hatte, im Regal, auf dem Fenstersims, im Stauraum zwischen dem Gasherd und dem Unterschrank mit den Töpfen, und konnte ohne Schwierigkeiten das Dekor wieder zusammensetzen. Aber das Fehlen des Toasters, der langen Kochlöffelstiele in dem Steinkrug, des Wasserkochers ließ das Verbliebene ein wenig lächerlich erscheinen.

Die Proportionen der Küche hatten sich unter dem Einfluss eines sonderbaren Phänomens verändert. Sämtliche Geräusche darin kamen mir deutlich lauter vor. Zwischen den Gegenständen war ein ungewohnter Abstand eingezogen, als hätte sich der Ort, an dem wir sechzehn Jahre lang zweimal am Tag zusammen gegessen hatten, mit der Zeit ausgeleiert.

Mein Frühstück schlang ich jetzt im *Penalty* hinunter. Das alte Café des Viertels war vor einigen Jahren renoviert worden, um neue Kundschaft anzulocken, hatte jedoch seinen Namen behalten, Reminiszenz an die Zeiten, als die Mannschaft der Stadt noch in der ersten Liga spielte. Die Menschen schmoren ja gerne im eigenen Saft, aber die Leute, die sich diese Neugestaltung ausgedacht hatten, mussten schon eine besonders verschrumpelte Seele besitzen. Die Stühle aus Holzimitat, die kunstledernen Polster in Zartlila, das Maskottchen über dem Eingangsschild – alles wirkte schon jetzt alt und abgenutzt, und ich musste mich anstrengen, um in meinem morgendlichen Tran nicht wegzudämmern.

Ich war mit Agon hier verabredet, doch heute Morgen kam er zu spät.

Ich riss mich zusammen und gab mir Mühe, nur ja keinerlei Gemeinsamkeiten mit der Klientel an den umliegenden Tischen aufkommen zu lassen: von der Misslichkeit der Umstände gebeugte Alte, die in einer Atmosphäre wie in einem Wartezimmer gedämpfte Gespräche führten oder abwesend in der Zeitung lasen. Alle schienen den Augenblick zu fürchten, da der Arzt hereinkommen und ihnen die Brüchigkeit ihrer irdischen Existenz bestätigen werde.

Fahles Licht trübte die vom urbanen Inventar verstopfte Straße jenseits der Scheibe. Das Bushäuschen mit Glasdach, die roten und gelben Schikanen zur Verlangsamung des Verkehrs und die in der milchigen Feuchtigkeit verzerrten Arme der Straßenlaternen: das ganze Viertel wirkte wie zusammengefaltet – auch kein ausgesprochen lebendiger Anblick.

Ein paar Monate vorher hatte ich im *National Geographic* ein Interview mit einem Biologen gelesen, der die Ansicht vertrat, dass die Natur deshalb so unendlich vielfältig sei, weil jede Art ihren eigenen Regeln folgte. Vielleicht gilt das für die Menschen genauso? Ich liebe es, bei meiner Arbeit in den Gärten und Parks den Himmel über mir zu spüren. Wenn ich in einem Beet Unkraut gejätet, einen Rasen gemäht oder eine Hecke geschnitten habe und das Sonnenlicht jedes Detail plastisch hervortreten lässt, halte ich oft inne und betrachte mein Werk. Wenn ich hingegen in geschlossenen Räumen bin, habe ich oft den Eindruck, dass die Dinge nicht am richtigen Platz sind.

»Du erinnerst mich an einen Sträfling, der lebenslänglich seine Zelle nicht mehr verlassen darf«, hatte Ana eines Morgens mit zerknittertem Gesicht und zerzausten Haaren zu mir gesagt.

Ich verbrachte immer mehr Zeit damit, aus dem Fenster zu schauen: aus dem Küchenfenster, wenn ich in der Küche war, aus dem Wohnzimmerfenster, wenn ich im Wohnzimmer war, aus dem Schlafzimmerfenster, wenn ich im Schlafzimmer war. »Ist das ein Vorwurf?«, hatte ich gefragt. »Nein, ich mag zerstreute Männer. Die nehmen sich selbst nicht so wichtig. Und sind nicht so langweilig wie der Durchschnitt.« Eine sehr taktvolle Antwort, fand ich damals.

Doch sie erzählte mir nicht mehr von ihrem Arbeitsalltag, von den zufälligen Begebenheiten im Dienst, den Patienten, den Ärzten, die ihr und den anderen Schwestern wohlwollend oder arrogant begegneten. Wenn ich sie abends schlafend vorfand, erschöpft von den wochenlangen Schichtdiensten, dann roch sie nach Krankenhaus, eine hartnäckige Ausdünstung, die sich mit einer Dusche nicht abwaschen ließ. Ich drückte ihr einen Kuss auf die Stirn. Obwohl ihr Kopf in dem weichen Kissen lag, waren ihre Züge angespannt, als müsse sie sich regelrecht anstrengen, um nicht aufzuwachen.

Seit einigen Monaten erzählte sie mir nur noch von Todesfällen. Als wir das letzte Mal miteinander geschlafen hatten, hatte sie direkt danach gesagt: »Das habe ich jetzt dringend gebraucht. Gestern Nachmittag ist Jela gestorben.« Ich erinnere mich so genau daran, weil mir in diesen Moment aufging, dass wir nicht zusammenbleiben würden.

Sie lag mit gespreizten Beinen auf dem Bett, die zerwühlten Laken zwischen den Füßen. Wie sich ihr Haar nachts mit dieser unerhörten Fülle entfaltete, hatte mich schon immer fasziniert. Am Morgen hatte ich stets das Gefühl, sie so zu sehen, wie sie sein sollte. Und damals glaubte ich noch, dass dieser geheime Teil ihres Lebens, der wahrhaftigste vielleicht, nur mir gehörte.

Jela lag seit einem Motorroller-Unfall im Koma. Sie war so alt wie unsere Tochter Mina.

Ich ging in die Küche und holte mir ein Glas Leitungswasser, während Ana im Bett blieb und döste. Schräg einfallendes Licht durchflutete den Raum, ein schonungsloses Licht, das die gesamte Einrichtung mit voller Wucht traf. Eine in der Neonröhre gefangene Fliege surrte, schier wahnsinnig von der Hitze.

»Das ist schon der zweite Todesfall in einem Monat auf deiner Station?«, rief ich.

»Ja.«

»Vor zehn Tagen war der andere, stimmt's?«

»Ja. Am Sonntag. Ein junger Mann.«

»Ich erinnere mich.«

»Er hieß Loran.«

Unwillkürlich fragte ich mich, ob jedes unserer Liebesspiele mit dem Tod eines ihrer Patienten zusammenfiel.

Morgen, Weiss!«
Sämtliche Köpfe im *Penalty* fuhren herum, und eine Stille trat ein, als Agon mit großen Schritten den Gang zwischen den Tischreihen durchmaß, die auf einmal zu kentern drohten. Er setzte sich mir gegenüber.

Agon sprach mich stets mit Nachnamen an. Das tat er bei berühmten oder in seinen Augen anderweitig wichtigen Leuten. Etwa so, wie wenn man jemanden mit »Chef« anredet. Dank regelmäßiger Beschäftigung und höchst vorzeigbarer Gehaltszettel konnte er auf eine Niederlassungsbewilligung in der Schweiz hoffen, eine C-Bewilligung mit endgültigem Bleiberecht. Seine Verbundenheit kannte keine Grenzen: Niemals würde er vergessen, wem er diesen kostbaren Sesam-öffnedich zu verdanken hatte.

Die Kellnerin kannte er beim Vornamen. Florije brachte ihm seinen Kaffee und den Korb mit den frischen Croissants. Er leerte drei Tütchen Zucker in seine Tasse und rührte klimpernd mit dem Löffel um. Dabei lächelte er wie ein kleiner Junge über ein Musikspielzeug.

Mehrmals am Tag – bei der erstbesten Gelegenheit, häufig aus heiterem Himmel und ohne äußerlich nachvollziehbare Regeln – wird Agon zum Kind. Das dauert nie lange, aber die unverwüstliche Unschuld in diesem Schrank von einem Kerl erfüllt mich immer wieder mit Staunen.

»Hast du das Material?«, fragte ich ihn.

»Ist gestern am Bahnhof angekommen. Ich habe es auf den Hänger geladen.«

»Und, wie sieht es aus?«

»Die Stücke sind alle verpackt. Ich konnte nicht viel sehen.«

»Und die Montage?«

»Geht klar. Mein Cousin hat alles vorbereitet«, sagte er mit einem breiten Grinsen.

Seine Mimik, größer und ausgeprägter als beim Durchschnitt und eigentlich direkt proportional zu seiner restlichen Anatomie, wirkte immer ein wenig überzogen. Also genau die Kategorie von Mensch, in deren Gegenwart man sich schwertut, Ausflüchte zu finden.

Es gab nichts darauf zu erwidern. Der Hinweis auf einen seiner zahlreichen Verwandten, noch ein Mitglied seines Clans, war Garantie genug.

Dabei war er noch nicht allzu lange in meinen Diensten.

Er hatte geräuschvoll den Stuhl, den ich ihm bei seinem Vorstellungsgespräch angeboten hatte, etwas näher gerückt. Dann hatte er geredet und geredet, ohne ein einziges Mal Luft zu holen, und dabei die meiste Zeit mit den Händen über seinem Kopf herumgefuhrwerkt. Ich hatte diese Hände keine Sekunde aus den Augen gelassen, weil ich mich insgeheim vor dem Moment fürchtete, wo er sie womöglich ablegen und mir freundschaftlich auf die Schultern klopfen würde. Ich saß nur Zentimeter von seinem grob geschnittenen Gesicht mit den zwei glänzenden schwarzen Augen entfernt und spürte, wie er mich ganz allmählich in seinen Bann zog.

Am Ende stellte ich ihn ein, aber noch heute bin ich fest davon überzeugt, dass eigentlich ich an jenem Tag von meinem neuen Angestellten ausgewählt wurde.

»Ich werde nicht groß zupacken können«, sagte ich.

Mein unter dem Verband abstehender Zeigefinger zeichnete Linien ins Leere, während ich mein Croissant aß. Agon schaute unwillkürlich in die Richtung, in die ich zu weisen schien, irgendwo zwischen der Saaldecke und der Fensterfront zur Straße hinaus.

»Keine Sorge. Ich habe Bitil und Lastar gebeten, für einen Tag zu kommen.«

Am Vortag hatten wir einen Anruf von der Stadtverwaltung erhalten. Das war nicht ungewöhnlich. Anwohner hatten sich über die ausufernde Vegetation auf dem Nachbargrundstück beschwert, Bäume von an die zehn Meter Höhe oder mehr. Das üppige Grün beeinträchtigte die Leistung ihrer Sonnenkollektoren und griff bedrohlich auf den Gehsteig über. Der Grundstückseigentümer, ein alter Herr in den Achtzigern, sah keinerlei Veranlassung, seiner Bürgerpflicht nachzukommen und das Grün zurückzuschneiden. Wutschnaubend musste er von zwei kurz nach unserer Ankunft an den Ort des Geschehens beorderten Polizisten gebändigt werden, die ihn schließlich in seinem Haus einsperrten.

Behelmt und in Schutzmontur saß Agon angeschirrt in den Baumwipfeln und sägte Äste ab, die ich unten zerlegte. Jedes Mal, wenn ich mit der vollen Schubkarre an der Balkontür vorbei zum Anhänger ging, streckte mir der Alte die Zunge heraus und gab mir mit einer unmissverständlichen Armgeste zu verstehen, dass ich mich verpissen sollte. Zu guter Letzt ließ er auch noch die Hose herunter und drückte den Hintern an der Scheibe platt. Ich war so genervt, dass ich mir heftig in den Finger schnitt.

Agon leistete Erste Hilfe vor Ort. Er hat immer die komplette Notfallapotheke dabei. Er ist eben ein Gefühlsmensch durch und durch. Und wie alle echten Gefühlsmenschen, die ständig fürchten müssen, von ihren Emotionen überschwemmt zu werden, sucht er sein Heil im Pragmatismus und in greifbaren Resultaten.

Die Klingen der Baum- und Heckenscheren oder Sägeblätter reinigt er mit Verbandsmull, den er in Desinfektionsmittel tränkt, denn, so seine These, »was für die Menschen gut ist, ist es auch für die Pflanzen«. Mein Werkzeugdepot ist, seit er es benutzt, so sauber und desodoriert, dass es an einen OP-Trakt gemahnt. Um das Werkzeug vor Abnutzung zu schützen oder zum Reparieren benutzt er Heftpflaster, Verbandsmull, Gummibänder und Schienen – als handle es sich dabei um eine lebendige Verlängerung unserer Hände.

Agon klopfte auf den professionellen Krankenhausverband, um ihn auf seine Festigkeit zu prüfen.

»Kommt zumindest Luft durch?«

»Ich glaube schon.«

»Sauerstoff ist nämlich wichtig für die Heilung.«

»Er ist ein bisschen straff.«

»Überhaupt nicht.«

»Manchmal pocht es.«

»Ist normal. Es arbeitet innen drin, und straff muss es sein«, sagte er und lehnte sich zurück.

Wir saßen eine Weile schweigend. Der klägliche Anblick der schmutzigen Tassen, verstreuten Krümel und zerknüllten Papierservietten vor uns wurde allmählich lästig. Agon ließ den Blick mit einem abschätzigen Brummen durch das *Penalty* wandern.

»Bah! Komm, Weiss, packen wir's …«

Wir gingen die Straße entlang bis zum Lieferwagen. Ein feiner Regen fiel beharrlich auf den klebrigen Asphalt und die wenigen grünen Enklaven. Doch ein Hauch von spätfrühlingshafter Schwere kündigte bereits den Sommer an.

Agon ging um den Hänger herum und überprüfte den Zug der Stricke, die die in Plastikfolie verpackte Ladung sicherten. Dann trat er einen Schritt zurück, um das Ganze zu bewundern, und fordert mich auf, es ihm gleichzutun.

»Und?«

»Wirklich beeindruckend.«

Er schien nur auf die Schmeichelei gewartet zu haben, seufzte zufrieden und fuhr fort: »Dabei ist es jetzt noch zerlegt. Die Teile sind nummeriert. Mein Cousin hat mir einen Plan gezeichnet.«

Er hatte eine alte Holzhütte aufgetan, die in kalten Wintern als Unterstand für Hirsche gedient hatte. Ich staunte nicht schlecht, dass es ein Land gab, wo die Menschen sich die Mühe machten, kleine, runde Holzhäuschen zum Schutz für das Hochwild anstatt für die Jäger zu bauen. Diese ansehnlichen Tiere gelten in den Bergen als Wächter des Waldes. Sie müssen zahlreich den Winter überstehen, damit es im Frühjahr reichlich Hasen, Fasane und Wildschweine gibt.

»Aber wenn man die ganzen Häuschen abbaut und woanders hinstellt?«, fragte ich.

»Es gibt sowieso keine Hirsche mehr. Die sind verschwunden. Mit dem Krieg. Jetzt sind nur noch die kleinen Tiere übrig. Die zu leicht sind, um Minen auszulösen.«

Bitil und Lastar, die zwei für den Tag angeheuerten Arbeiter, erwarteten uns schon vor Ort. Wir kamen gut voran. Mithilfe des von Agons Cousin gezeichneten Bauplans nahm das Hüttchen Gestalt an. Ganz traditionsgemäß kam es ohne Nägel, Schrauben oder sonstige Metallteile aus. Umrahmt wurde es von Heidelbeersträuchern zwischen Zwergerlen und Espen, die tags zuvor in einem Gemisch aus Erde und Kieselsteinen gepflanzt worden waren.

Die Kundin, Madame Razumovski, war mir von einer Agentur empfohlen worden, die sich darauf spezialisiert hatte, sehr reichen Ausländern, die einen Rückzugsort suchten oder sich einen Lebensabend in der Schweiz wünschten, bei der Einwanderung zu helfen. Die Agentur kümmerte sich um das komplette Paket: Beantragung der Aufenthaltsgenehmigung, Wohnungssuche, Verhandlungen mit den Finanzbehörden, Kontaktherstellung mit den besten Geschäftsführern der besten Banken. Auch danach wachte die Agentur diskret über die Existenz ihrer Kunden. Manchmal nehmen sie meine Dienste in Anspruch, und so habe ich in meinem bescheidenen Rahmen Anteil an der Umsiedlung von Menschen am Beginn eines Jahrhunderts der Globalisierung.

Fern der Heimat hegen manche von ihnen den Wunsch, morgens beim Aufwachen ein verpflanztes Stückchen Natur von zu Hause unter ihrem Fenster vorzufinden: Die einen wollen Kamtschatka-Birken mit ihrer gebeugten Gestalt, flankiert von großen, glatten Sachalin-Tannen, und dazu blaues Geißblatt und Heckenrosen in einem sumpfigem Boden; wieder andere beruhigt es, stets eine Reihe majestätischer Ginkgobäume im Blick zu haben, die im Ruf stehen, unverwüstlich zu sein, umgeben von niedrigeren Harlekin-Weiden, Chinesischen Bonsai-Ulmen und einem Bambuswald in eher trocken-sandigem Untergrund.

Madame Razumovski brachte uns zur Essenszeit Orangenlimonade. Sie trug ein elegantes, enganliegendes Kostüm, das jede Partie ihres Körpers zu einem bestaunenswerten Detail machte. Aus einem bauchigen Krug, auf dem Wassertropfen glänzten, goss sie jedem von uns ein Glas ein und erkundigte sich dabei nach dem Fortgang der Arbeit. Es werde doch alles noch vor Einbruch der Dunkelheit fertig sein? Bitil und Lastar verbeugten sich vor lauter Dankbarkeit gleich mehrmals, bevor sie sich auf einem abseits gelegenen Rundholz niederließen, um in aller Ruhe ihre Limonade zu schlürfen.

Wie romantisch sich die Hütte in ihrem Garten ausnahm! Sie war ein echter Gewinn. Madame Razumovski bemühte sich, Interesse für Agons Wald-Geschichten zu zeigen. Als er jedoch zum Erzählen näher zu ihr trat, wich sie zurück. Er machte wieder einen Schritt auf sie zu, sodass sein Gesicht nur ein paar Zentimeter vor ihrem war, und sie machte drei Schritte zur Seite. Er rückte vor, um den Abstand zu verringern, sie entzog sich. Er ging erneut zum Angriff über, stellte sich groß und breit, mit feuchten Lippen, direkt vor sie. Sie wich aus. Da sie jedes Mal eine Bewegung zur Seite machte, beschrieben die beiden schließlich einen Kreis. Um sich eine Atempause zu verschaffen, füllte sie regelmäßig Agons Glas auf, und so hatte dieser, nachdem er die zahlreichen Legenden seiner Heimat heraufbeschworen hatte, den ganzen Krug Limonade leergetrunken.

Nicht einmal eine halbe Stunde später fing er an, sich zu krümmen und zu winden, und während wir die Zapfen in die zugehörigen Löcher steckten und uns um die Abdichtung kümmerten, verschwand er für eine Weile.

Den ganzen restlichen Nachmittag stimmte irgendetwas nicht. Er kräuselte die Unterlippe und zog eine verdrießliche, beleidigte Miene. Immer wieder suchte er mit den Augen den Himmel ab, an dem es eigentlich nichts Außergewöhnliches zu beobachten gab. Dabei war Agon überhaupt kein Träumer. Er sah die Dinge stets so, wie sie waren. Aber jetzt war er einfach genervt.

Gegen Abend setzten wir uns vor die fast fertige Hütte. Bitil und Lastar zündeten sich eine Zigarette an und verstauten das Werkzeug auf dem Hänger. Agon fummelte fieberhaft an seiner Kleidung herum, um die frischen, duftenden Holzspäne abzuzupfen, mit denen sie übersät war.

»Hör mal, du bist doch hoffentlich nicht so ins Haus gegangen, ohne zu fragen …«, sagte ich.

»Ich hab mehrmals gerufen, aber dann …«

Er klopfte sich auf den Bauch.

Ich hatte nicht gesehen, wie er im Laufschritt über die Terrasse geeilt war. Die Balkontür der Villa hatte offen gestanden, und da niemand Antwort gab, hatte er seine schmutzigen Schuhe ausgezogen und war auf Zehenspitzen hineingegangen, um die Toilette zu suchen.

»Das kannst du dir nicht vorstellen! Ein Klo so groß wie ein Wohnzimmer. Ich kam mir vor, als ob ich die ganze Zeit beobachtet würde …«

In dem Augenblick, als er die Toilette verließ, hatte Madame Razumovski vor ihm gestanden und vor Schreck aufgeschrien.

»Sie hat gesagt, ich hätte im Haus nichts zu suchen …«

»Kein Wunder. Sie hat sich erschrocken.«

»… dreckig, wie ich sei …«

Ich seufzte.

»… und dass sie mich hier nie wieder sehen wolle …«

Ich seufzte noch einmal.

»… und dass ihre Toilette jetzt verschmutzt sei.«

»Das wird schon wieder.«

»Es tut mir leid.«

»Schon gut. Macht nichts.«

Im nächsten Augenblick konnte ich ihm schon nicht mehr böse sein. Er hatte diese Eigenart, alles immer absolut persönlich zu nehmen. Ein bisschen wie ein Kind, bei dem immer gleich die ganze Welt ins Wanken gerät, wenn etwas passiert.

»Weißt du was?«, fragte ich.

»Wir tun morgen einfach so, als wäre nichts gewesen.«

Wir sahen den Wolken nach, die allein, zu zweit oder zu dritt in Richtung Berge zogen.

Unter dem Einfluss einer hartnäckig anhaltenden Verstimmung war Agons Muskulatur so verspannt, dass er auf der Rückfahrt im Auto weniger Platz einnahm als auf dem Hinweg. Sein Körper hatte sich zurückgezogen wie der einer Schnecke, die man mit einem Stöckchen kitzelt.

Wir setzten Bitil und Lastar an einer Kreuzung ab und winkten ihnen durch die beschlagene Scheibe nach. Offenbar waren sie Cousins. Sie bewohnten gemeinsam ein Zimmer in einem Wohnblock in der Peripherie. Mir waren sie ein Rätsel und sind es immer noch. Seite an Seite gingen sie davon, den Kopf zwischen den hochgezogenen Schultern, und verschwanden in dem fließenden, von Autoscheinwerfern flimmernden Licht.

»Soll ich dich heimbringen, bevor ich ins Lager fahre?«

»Ja.«

Ein feiner Regen setzte ein und zerschnitt den Horizont. Die Stadt war in unzählige schillernde Schwaden zerteilt. Agon fuhr schweigend und konzentrierter als sonst durch die nahezu leeren Straßen. Eine grelle, monotone Melodie, die von weit her zu kommen schien, erfüllte auf einmal das Fahrerhäuschen.

»Dein Telefon«, brummte Agon.

»Was?«

»Dein Telefon klingelt.«

Es ruckelte in den Falten meiner Hose, als hätte sich dort ein kleines Tier verfangen. Ich kramte es heraus und meldete mich.

Es war die Leiterin des Altenheims. Meine Gesichtszüge mussten sich merklich verändert haben, als ich es wieder zurücksteckte.

»Was ist los?«

»Meine Mutter ist verschwunden.«

»Wie, verschwunden?«

Agon verstand nicht.

»Sie wissen nicht, wo sie ist.«

»Mütter verschwinden nicht einfach so.«

»Da hast du recht. Aber meine ist ein bisschen speziell.«

»Wer sind ›sie‹?«

»Meine Mutter lebt in einem Seniorenheim. Du weißt schon, wo man sich um die alten Leute kümmert.«

»Das ist schlimm.«

Es war eine Feststellung, die keinen Widerspruch zuließ.

»Sie suchen sie seit heute Morgen.«

»Da gibt's nichts zu diskutieren, das ist schlimm. Wir müssen hin.«

Er überlegte kurz.

»Wir stellen den Lieferwagen beim Lager ab und fahren hin.«

Nach einem Tag im Freien kamen wir uns in der Eingangshalle vor, als wären wir plötzlich in ein tiefes Loch gestürzt. Die in die Decke eingelassenen Lampen geizten mit Helligkeit. Die Heimleiterin kam uns entgegen, mit fahlem Gesicht und bleichem Haar, das auf ihrem Kopf zu einem festen Dutt geschlungen war.

»Gestern Nachmittag hat Ihre Mutter noch beim Blumenstecken mitgemacht.«

Sie deutete auf die im Halbdunkel vegetierenden Sträuße.

»Nach dem Abendessen hat sie im Salon ihren Tee getrunken und sich dann zurückgezogen. Aber heute Morgen ist sie nicht zum Frühstück heruntergekommen. Madame Jaquet … – das ist die Dame, die mit Ihrer Mutter das Zimmer teilt – Madame Jaquet hat zugegeben, dass Ihre Mutter sich gestern Abend zum Ausgehen angezogen und geschminkt hat. Dann ging sie und hat ihre Handtasche mitgenommen.«

Das Detail schien von Bedeutung zu sein, denn auf der sonst glatten Stirn der Heimleiterin erschien eine Falte. Diese verschwand jedoch schlagartig wieder, als ich näher trat und fragte, wie es denn möglich sei, das Seniorenheim zu verlassen, ohne dass jemand es bemerkte.

»War sie schon einmal über Nacht weg?«

»Nein, es ist das erste Mal.«

»Das ist ja unglaublich! Beaufsichtigen Sie denn Ihre Bewohner nicht?«

»Sie können kommen und gehen, wann sie wollen. Das ist ja hier kein Gefängnis.«

Ich blickte mich um, nur um festzustellen, dass es tatsächlich keine Gitter vor den Fenstern gab.

»Wie kann das sein?«

»Nun, sehen Sie, ein erwachsener Mensch kann tun und lassen, was er will …«

»Ohne jemanden informieren zu müssen? Einfach so? Ohne was zu sagen?«

Die Falte auf der Stirn der Leiterin mutierte zu einem Zirkumflex, der auf beiden Seiten bis zum Ende ihrer blonden Brauen reichte und in dem schummrigen Licht einem Hautwulst glich. Sie wirkte nun beinahe wutentbrannt.

»Natürlich schon … normalerweise. Wir haben bei Ihnen angerufen, es hätte ja sein können, dass sie bei Ihnen ist. Aber vielleicht haben Sie eine Idee?«

»Nein. Ich weiß nicht, wo sie ist.«

»Nun gut.«

»Und was geschieht jetzt?«

Ihre Stirn verwandelte sich in eine Abfolge kleiner Wellen. Offenbar verfügte die Heimleiterin über keine andere Ausdrucksform als dieses Runzeln, das als alleinige Manifestation ihrer gesamten Gefühlspalette herhalten musste. Augenblicklich handelte es sich wohl um die Angst-Falte.

»Wir haben die Polizei verständigt.«

»Die Polizei?«

Agon versuchte ziemlich erfolglos, sich so dünn wie möglich zu machen. Er knetete seine rauen Hände vor dem Bauch und erzeugte dabei ein Geräusch wie raschelndes Papier.

»Keine Sorge, das ist nur das normale Vorgehen in unserer

Einrichtung. Nach vierundzwanzig Stunden verständigen wir die Polizei.«

»Und die ermittelt dann?«

»Nein, die wartet noch ein wenig ab. Ganz bestimmt ist sie nur einfach mal kurz ausgebüxt.«

»Ausgebüxt! Sie haben Nerven! Das kann nicht sein.«

Die Zirkumflexfalte wich einer anderen, ganz neuen, bei der ihre Wangen nach innen gesogen wurden und die Haut über den Wangenknochen gefährlich spannte.

»Ausgebüxt, genau. Ihre Mutter wird bestimmt zurückkommen ... Sie werden sehen! Und sie hat ja keine ausgesprochenen Beschwerden.«

Ich hatte beschlossen, meine Mutter im Heim unterzubringen, nachdem sie ein Beistelltischen aus dem Fenster geworfen hatte, das krachend wenige Meter vor einem auf dem Gehsteig laufenden Jogger aufgeschlagen war. Sie hatte sich in den Kopf gesetzt, dass die Möbel in ihrer Wohnung, gegen die sie ständig stieß, es auf sie persönlich abgesehen hatten. Außerdem hatten sich die Nachbarn schon mehrfach über den Gestank beschwert, der aus ihrer Wohnung nach oben stieg. Anstatt ihren Müll hinunterzutragen und in den Tonnen zu entleeren, war sie dazu übergangen, die Müllbeutel einfach auf ihrem Balkon zu stapeln, wo sie sie dann vergaß.

Ich äußerte dennoch eine Sorge: »Trotzdem, ihre Schwindelattacken ...«

»Das stimmt natürlich.«

Ich zuckte mit den Schultern.

»Sie kommt schon wieder. Ganz sicher. Wir müssen eben abwarten.«

Ich fragte, ob wir uns ihr Zimmer ansehen könnten. Sie lehnte ab mit der Begründung, dass Madame Jaquet vermutlich schon schlief. Agon rückte ihr auf die Pelle und formulierte die Bitte noch einmal um, indem er sie am Kragen packte. Ihr Gesicht wurde schlagartig noch fahler und glatter, es war fast wie ein Lichtreflex. Sie war kurz davor, zu schreien oder ohnmächtig zu werden.

»Agon, lass sie los.«

Ein wenig zittrig rückte sie ihren Dutt zurecht und wies mit der Hand in Richtung Treppe, um uns loszuwerden.

Wir öffneten leise die Tür. Madame Jaquet war noch wach. Nachdem wir uns vorgestellt hatten und ihr erster Schreck verflogen war, setzte sie sich im Bett auf und bat Agon mit zuckersüßer Stimme, ihr ihren Morgenmantel vom Kleiderhaken zu reichen. Wir drehten uns weg, bis sie ihn angezogen und sich wieder ins Bett gelegt hatte. Nun empfing sie uns in Blumenmuster mit weiten Ärmeln und gelben Seidenbiesen. Ihre Wangen waren gerötet von der Anstrengung.

Sie winkte Agon zu sich her und lud ihn ein, sich neben sie zu setzen. Er kam der Aufforderung mit völliger Unbefangenheit nach. Er nahm beide Hände der alten Dame in die seinen und schaute ihr geradewegs in die Augen. Großmütter sind für ihn eine Kategorie außerhalb der gewöhnlichen Menschheit, und wie zivilisiert eine Gesellschaft ist, äußert sich seiner Ansicht nach ganz unmittelbar darin, welche Wichtigkeit sie den Großmüttern angedeihen lässt. Sie sagte, dass er nach frischem Grün rieche und sie an den zarten Duft von Unterholz erinnere: »Wissen Sie, wenn im Frühling alles über und über grün ausschlägt.« Für Agon hätte es keine bessere Eröffnung für das Gespräch geben können.

Seit Mama eingezogen war, sei sie ständig auf dem Sprung gewesen, stets mit möglichst wenig Gepäck.

Ihr Bett war fein säuberlich gemacht, fast wie nach einem Todesfall, schoss es mir durch den Kopf. Die einzige Spur ihrer Gegenwart war ein Foto in einem Rahmen mit Dreibeinständer auf ihrem Nachttisch: Sie trug das Haar in einem Pagenschnitt, der ihr Gesicht umrahmte. Sie mochte fünfzehn, sechzehn oder vielleicht siebzehn sein. Hinter ihr war ihr Fahrrad zu erkennen, es lehnte an einem Mäuerchen, auf dem Gepäckträger waren große Pakete verschnürt, und vorn am Lenker hing ein mit einem Tuch zugedeckter Korb. Ich hatte das Foto bis zu diesem Augenblick in diesem Zimmer noch nie gesehen. Es stammte aus der Zeit, als sie Brot und Gebäck aus der Bäckerei meines Großvaters allmorgendlich an die großen Hotels auslieferte.

Ich wollte aus dem Fenster schauen, erblickte aber nur das Abbild eines fünfundvierzigjährigen Buben als Spiegelung auf der dunklen Scheibe. Ich war ratlos und traurig, gefangen in einem dieser Momente von Entfremdung, in denen man wie abgeschnitten ist vom normalen Lauf der Dinge.

Agon und Madame Jaquet unterhielten sich immer noch höchst angeregt. Schließlich einigten sie sich auf einen Termin für einen nachmittäglichen Spaziergang, bevor sie sich zärtlich voneinander verabschiedeten.

»Versprochen?«, fragte sie, als er ihre Hände losließ.

»Absolut! Ich komme und hole sie ab.«

Sie verzog das Gesicht zu einem schiefen Lächeln, ungefähr so wie ein kleines Mädchen, dem nichts anderes übrigbleibt, als eine große Lüge zu schlucken.

»Ich liebe Versprechen. Ich lebe jetzt nur noch davon. Ich

warte. Aber es kommt nichts. Also warte ich auf das nächste Versprechen. Und letzten Endes bereue ich nichts, weil ich meine ganze Zeit mit Hoffen verbracht habe … Die meisten Menschen leben so.«

Sie würde die Nacht eingehüllt in diesen blumigen Morgenmantel verbringen – auch eine Art, ganz konkret von dem zukünftigen Abstecher in die Natur zu träumen.

Auf dem verlassenen Parkplatz zwischen Supermarkt, Seniorenheim und Lagerhallen erleuchteten hohe Straßenlampen den Asphalt. Agon ging leichten Schritts neben mir her, berauscht von der Klarheit der Luft nach dem Regen und erleichtert, wieder im Freien zu sein. Dabei gab es kaum etwas Tröstliches um uns herum. Die grellen Flecken der Lampen verbargen die Sterne. Der grünliche Lichtschein einer Tankstelle in einiger Entfernung verschmutzte eine Hälfte des Himmels. Eine disparate, bruchstückhafte Kulisse, in der man sich verloren fühlt, selbst wenn man genau weiß, wo man ist.

Ich seufzte. Nichts ist so traurig wie nutzlose Dinge, die obendrein noch hässlich sind. Doch als ich in den Lieferwagen stieg, fand ich Trost in Agons Blick.

»Kann ich in die Avenue Pivoine mitkommen?«, fragte ich.

Agon grinste höchst zufrieden.

»Klar!«

»Ich will nicht zu mir nach Hause. Ich will heute Abend nicht allein sein.«

»Verstehe.«

Wir fuhren in Richtung See.

Die Stadt vermietete Schrebergärten auf einem elf Hektar großen Gelände zwischen den hochfrequentierten Bahngleisen, den hochfrequentierten Sportanlagen und der hochfrequentierten Autobahn. Die Parzellen waren schachbrettartig angelegt, unterteilt durch Wege, die auf so klingende Namen hörten wie »Tulpen-«, »Kasbah-« oder »Schotenweg« – Agons Gärtchen lag an der Avenue Pivoine, also dem »Pfingstrosenweg« –, und sie verfügten über eine Fläche von hundertfünfzig bis zweihundert Quadratmeter und einen Zugang zu einem Kalt-Wasser-Anschluss. Ein paar Monate lang hatte Agon an Wochenenden einem Rentner bei der Bewirtschaftung seines Gärtchens geholfen und schließlich, nach dem Tod des Alten, mittels Überredungskunst und Hartnäckigkeit dessen Pachtvertrag übernehmen können.

Doch sein kleines Fleckchen Erde war bedroht. Der Stadtrat hatte Kredite bewilligt, um die von schönen, für die Naherholung bestimmten Wäldchen umgebene Gartenkolonie in einen bedeutenden Sportkomplex mit neuer Fußballarena umzuwandeln. Zum Ende des Sommers war der große Umzug vorgesehen. Alle Pächter sollten auf einem dafür eingerichteten Feld einen neuen Platz finden, in sicherem Abstand zum Seeufer und den Terrassen, auf denen die Restaurants lagen, damit Letztere nicht in der schönsten Jahreszeit durch Grüppchen von Boule-Spielern und Rauchschwaden von Grillfeuern aus den Grünanlagen belästigt würden.

Vorsichtig öffnete Agon das kleine, in der Hecke versteckte Türchen. Er knipste eine Lichterkette mit Glühbirnen an, die sich im Zickzack durch die Vegetation schlängelte. Dann setzte er, in einer Haltung wie eine Ballerina auf Spitzen, einen Fuß nach dem anderen jeweils auf eine ganz bestimmte Stelle. Sein massiger Körper schwebte über dem Gemüse. Dank eines kunstvollen Arrangements aus Ziegeln und Brettern zwischen den Pflanzreihen konnte er sich durch seine Beete bewegen, ohne den Boden plattzudrücken oder die jungen Triebe zu zertreten. In der spärlichen Beleuchtung achtete ich darauf, meine Füße exakt dorthin zu setzen, wo er es getan hatte.

Feuerbohnen und Zuckerschoten rankten sich an endlosen Bambusgestängen in den Himmel, sizilianische Schlangenzucchini, lang und dürr wie Baseballschläger, hingen senkrecht von gedrehten Metallstangen, und Girlanden aus Holländischen Gurken, die sich mehrheitlich von ihren Stützen gelöst hatten, bildeten stellenweise fast unüberwindliche Barrieren. Aus Mangel an Platz schien sich alles in die Höhe entfaltet zu haben.

Agon blieb auf einem Bein stehen, während er das andere zum Balancieren in der Luft hielt, und streckte den Arm aus, um eine Erdbeere zu pflücken.

»Die erste.«

Sie schimmerte blass im Mondlicht. Ich entstielte sie und steckte sie mir in den Mund.

»Schmeckt sehr süß.«

Agon lächelte, und sein Gesicht verbreiterte sich um mehrere Zentimeter. Er war jetzt eindeutig in einer expansiven Phase. Im Vorbeigehen pflückte er Blätter, inspizierte sie, zerdrückte sie, schnupperte daran, steckte sie sich in den Mund

und kaute, spuckte sie wieder aus und nahm das nächste, mit dem das Spiel von neuem begann. Man hätte meinen können, er wolle seinen ganzen Garten verschlingen.

»Und das da? Was ist das?«, fragte ich. Meine Augen hatten sich noch nicht ganz an die Dämmerung gewöhnt.

»Romanesco. Eine Kohlsorte.«

Wir machten kehrt, weil der Weg aufhörte, bogen wieder ab, um nach einigen überflüssigen Kurven endlich die richtige Richtung einzuschlagen. Bestimmt hatte er das so eingerichtet, um sein Territorium weitläufiger erscheinen zu lassen – etwa so, wie das Fahren auf gewundenen, aussichtsreichen Landstraßen eher den Eindruck einer imposanten Landschaft erweckt, als wenn man sie auf der Autobahn durchquert? Wir überquerten eine Holzplattform mit einem grünlichen Wellplastikdach, eine zusammengezimmerte Veranda, auf drei Seiten von alten, fast blinden Fenstern umrahmt, die er auf Abrissbaustellen aufgetrieben hatte, und erreichten die Hütte.

Innen drin standen ein Tisch, vier Stühle, ein Elektroherd unterhalb einer kleinen Fensteröffnung, der einzigen im Raum, und ein abgenutztes Sofa an der Wand gegenüber. Eine dünne Zwischenwand unterteilte den Innenraum, und eine Tür führte zu einer Schlafkammer mit nichts weiter als einem Bett darin. Agon hatte in der Stadt ein kleines Apartment zur Miete, doch wenn die Temperaturen es erlaubten, übernachtete er in seinem Gärtchen.

Die Mauer aus Grün bebte, die Blätter zitterten, dann teilten sie sich, und ein Kopf kam zum Vorschein.

»Ciao, Agon!«

»Servus, Neto!«

»Oh! Du hast Besuch!«

»Ja … stimmt.«

»Dann komme ich ein andermal.«

»Ich habe noch dein Pflanzholz.«

»Hat keine Eile. Aber wir müssen reden. Das Treffen mit dem Baubeauftragten von der Stadt. Wegen des Umzugs, du weißt schon.«

»Jaja. Ich hab's nicht vergessen.«

»*A domani.*«

»*Si, si. A domani.*«

Der Kopf verschwand, und das Loch schloss sich so schnell, wie es sich geöffnet hatte. Flaggen aus der ganzen Welt – Portugal, Spanien, Italien, Chile, Brasilien und noch einige mehr, die ich nicht kannte – prangten auf den rechtwinklig geschnittenen, kompakten Hecken. Agon hatte seine an einem Mast gehisst, nagelneu, Blau und Gold mit sechs weißen Sternen, die noch ganz neue Flagge der Republik Kosovo. Sie schimmerte silbrig im Mondlicht. Jeder Parzelle haftete eine Aura des Heiligen, Unverletzlichen an, als profitiere sie von einem Extraterritorialstatus.

Wir setzten uns zum Aperitif in die Laube. Agon betätigte einen Schalter an einer herabbaumelnden Schnur. Eine nackte Glühbirne erwachte über unseren Köpfen flackernd zum Leben und zog im Nu Mückenschwärme an. Das von unten beleuchtete grüne Plastikdach tauchte alles in grünes Licht: Der Tisch war grün, die Gläser samt Inhalt – ein Chasselas – grün, Agons Gesicht und Hände grün, die Luft, in der wir badeten, grün. Wir waren eine Fortsetzung des Gartens, in dem unsichtbar in der Dämmerung das Leben pulsierte.

»Hast du Hunger?«

»Ja.«

Agon pflückte einen *Radicchio rosso*, eine Armenische Gurke und zwei reife Türkische Tomaten und verschwand damit im Inneren der Hütte. Ein paar Minuten später kam er mit den Tellern zurück sowie einem Rest Rinderbraten, garniert mit ein paar frischen, zerpflückten Salbeiblättern und etwas Olivenöl.

Agon betrachtete hochkonzentriert seinen Teller. Er ließ sich Zeit, den Inhalt auf sich wirken zu lassen. Es war kein Gebet, oder wenn, dann ein profanes. »Ich beherrsche die Kunst, die schönen Momente hinauszuzögern, und sei es nur einen winzigen Augenblick, um sie dann umso intensiver zu verkosten«, hatte er mir einmal erklärt. Auch ich wartete, bevor ich mit dem Essen begann.

Ich dachte an Papa. Er war ein ruhiger Mann gewesen, geradezu apathisch, die meiste Zeit fast abwesend, eine Art träges Tier, das die Dinge auf sich zukommen lässt und sich auch nicht aufregt, wenn sie nicht kommen. Aber bei Tisch verwandelte er sich in eine andere Person. Er stürzte sich auf das Essen, schlang es hastig und geräuschvoll hinunter, so absorbiert von seinem Tun, dass er alles um sich herum vergaß. Mama, die sich stets im Hintergrund hielt, stocherte abwesend in ihrem Essen herum. Manchmal hielt sie inne, und ich tat es dann auch, weil ich sah, wie sie Papa angewidert betrachtete. Zwei auf ihn gerichtete Augenpaare brachten ihn schließlich dazu, den Kopf zu heben und mit vollem Mund, die Gabel in der Luft, zu fragen: »Was ist los? Schmeckt es euch nicht?«

»Dein kalter Braten ist exzellent.«

Agon nickte bedächtig. Nach einer Pause fuhr er fort.

»1983. Da gab es das beste Fleisch. 1983.«

»Ach, hat Fleisch auch einen Jahrgang?«

»Wie der Wein.«

»Wie das?«

»1983 hatten wir eine Dürre. Die Tiere mussten sehr weit laufen zum Fressen. Die Nahrung, die sie fanden, war vielseitiger. Das Fleisch hatte mehr Aroma.«

Das grüne Licht über unseren Köpfen verdichtete sich.

Er verschwand in der Hütte, offenbar um etwas zu holen, und kam ein paar Augenblicke später wieder zum Vorschein.

»Da, Weiss!«

In seiner Handfläche lagen vier bräunliche Kugeln von der Größe einer Haselnuss.

»Was ist das?«

»Probier!«

Er hielt mir eine vor den Mund, um mich zu ermuntern.

»Nachtisch.«

Es war ein weiches, klebriges Bonbon.

»Schmeckt gut. Süß«, sagte ich.

»Ein Rezept meiner Großmutter. Sie hatte es von ihrer Mutter, und die wiederum von ihrer …«

»Eine Art Geleebonbon?«

Agons Augen glänzten in der Dunkelheit wie zwei große Tropfen Öl mit gelben Lichtreflexen in der Mitte.

»Blätter, Kerne, in Wasser gekochte Cannabisblüten. Das Ganze vermischt mit Schafsbutter und überm Feuer karamellisiert. Ein bisschen Quittengelee ist auch drin, zum Haltbarmachen.«

Dort, wo seine Leute leben, sammelt man Pilze, Wurzeln und Pflanzen im Wald, um die Unbill des Daseins erträglich zu machen. Teppiche von wildem Indischen Hanf wachsen an Stellen entlang des Flusses, wo Felsen die Wärme der Sonnenstrahlen speichern und abstrahlen.

Das Vorkommen dieser trostspendenden Pflanzen in den Bergen geht zurück auf die Zeit, als die Osmanen sich über die verschlungenen Bergpfade des Drenica-Gebiets plagten, erklärte er mir. Dieser Droge war es zu verdanken, dass die Janitscharen, die Soldaten des Sultans, die langen Märsche, Gefechte und Massaker ertrugen. Sie hatten die Hanfsamen im Verlauf ihrer allmählichen Eroberung dieser Ecke des Balkans während des 15. Jahrhunderts verstreut.

»In meinem Dorf kaut man das tagein, tagaus.«

»Alle?«

»Ja.«

»Auch die Kinder?«

»Ja.«

»Du hast deine Mutter noch?«

»Ja.«

»Und sie lebt noch dort?«

»Ja.«

»Wie alt ist sie?«

»In meiner Heimat haben die Alten kein Alter mehr. Man zählt die Jahre nicht.«

»Tatsächlich?«

»Nein. Das war ein Scherz. Sie ist zweiundneunzig.«

In dieser Nacht schlief ich in der Hütte.

Vor dem Bürgerkrieg war Agon Französischlehrer in einem Gymnasium gewesen. Aber die Literatur macht verdächtig, und die Schulinspektoren spielten gleichzeitig die Rolle der politischen Inspektoren. Weil es schwierig war, unter solchen Bedingungen zu unterrichten, verlegte er das Klassenzimmer hin und wieder nach draußen und unternahm etwas Konkretes: einen Besuch in einer Schreinerei, in einer Schmiedewerkstatt oder bei einem Steinmetz. Anschließend verfassten die Schüler kurze Aufsätze im Stil des sozialistischen Realismus. Auf diese Weise erweiterten sie ihren Wortschatz. Als er Jahre später sein in Schutt und Asche liegendes Land verlassen musste, half ihm die Kenntnis dieser Berufe, hier und dort kleine Arbeiten zu finden. »Als ich in die Schweiz kam, hatten die Leute alle diese Aura von Siegern. Es herrschte eine solche Selbstgewissheit. Als hätten sie alle höchstpersönlich den Kalten Krieg gewonnen«, hatte er mir einmal gesagt.

Auf einem Regal über dem schmalen Bett standen, eingekeilt zwischen Blumentöpfen und Düngerflaschen, Bücher, die er bei seinem Gang ins Exil mitgenommen hatte.

Ich streckte mich, um einen der Bände über meinem Kopf zu erreichen. Es waren ganz alte Ausgaben französischer Klassiker, *Vater Goriot*, *Die Kartause von Parma*, *Germinal* … sowie einige Werke jüngeren Datums wie *Das Volkshaus* von Guilloux oder *Die große Angst in den Bergen* von Ramuz. In seinem Land galt dieser Autor als ein schlechtes Vorbild: »Ein zurückgezogen lebender Intellektueller, der glorifizierend über die reaktionäre Bauernklasse schreibt. Was so viel bedeutet wie ein Feind des Proletariats«, hatte er mir erklärt.

Ich blätterte in den Bänden, erstaunt über ihr Gewicht und ihre Dicke. Die weichen Einbände waren allesamt leicht bräunlich und wellig, der Schnitt fusselig, die Buchrücken hart und holzig. Beim Aufschlagen gab es ein Geräusch wie von knackendem Reisig. Sie hatten unter der Zeit gelitten, unter der Feuchtigkeit und den abrupten Temperaturschwankungen, doch überraschenderweise waren sie unter diesen harschen Bedingungen nicht etwa zerbrechlicher geworden, sondern robuster, so wie ein günstiges Klima und ein langsamer Gang der Dinge eine zarte Pflanze versteinert.

Ich entschied mich für *Die Blumen des Bösen* und setzte mich, so gut es ging, im Bett auf. Ein paar Blätter fielen heraus. Ich legte sie sorgfältig zurück. Das Buch diente auch als Herbarium.

Agon schnarchte bereits im Raum nebenan vor sich hin. Mina hatte mir eine Nachricht geschickt. Sie wünschte mir eine gute Nacht mit einem ☺.

Ich hatte gehofft, ihr nach Anas Auszug näherzukommen. Aber jetzt war sie Hunderte Kilometer weit weg, in London, wo sie seit einigen Monaten eine Kunstschule besuchte. Ich musste an den Abend denken, als ich, von der Arbeit heimkommend, in dem Haufen von Abfällen am Eingang zu unserem Mietshaus – es war Müllabfuhrtag – ihren Kinderschreibtisch erkannte, an dem sie schreiben und malen gelernt hatte, das Holz mit Inschriften verkritzelt und mit bunten Graffiti bemalt, als hätten ihre Hefte nicht ausgereicht für ihren Elan.

Ich schrieb Mina ein paar bedrückend nichtssagende Worte zurück und legte das Telefon auf der Obstkiste ab, die als Nachtkästchen diente. Ich hatte das Gefühl, mitzuerleben, wie meine Tochter sich entmaterialisierte.

Ich fühlte mich einsam. Ich dachte an Mama. Jetzt war ich mehr oder weniger Waise. Siebzehn Jahre hatte ich bei ihr gelebt, das war das Alter, als ich von zu Hause ausgezogen war und eine Lehre als Landschaftsgärtner anfing, weit weg von ihnen. Wenn ich die ersten Jahre meiner Kindheit abzog, an die ich keine Erinnerung hatte, dann blieben gerade mal zwölf Jahre des Zusammenlebens übrig. Vielleicht zu kurz, um einen Menschen wirklich zu kennen. Mama hatte eine Existenz vor mir gehabt, und nachher lebte sie ihr Leben ohne mich weiter. Diese beiden Realitäten blieben für mich im Dunkeln.

Und jetzt lag sie womöglich mit gebrochenem Bein in einem Straßengraben im Sterben. Oder war in einer abgeschiedenen Ecke eines öffentlichen Parks tot umgefallen, und ihre Leiche lockte Krähen und herrenlose Hunde an. Vielleicht war sie in einen x-beliebigen Zug gestiegen, um das Weite zu suchen? Oder wartete, auf einem unbekannten Bahnhof still auf einer Bank kauernd, dass jemand sich um sie kümmerte? Und wenn sie nun wohlbehütet bei irgendjemandem saß, von dessen Existenz ich nicht die leiseste Ahnung hatte, bei einer wiedergefundenen Freundin aus alten Tagen vielleicht, die mindestens so unberechenbar war wie sie, und die beiden feierten zusammen und ließen es sich gutgehen?

Überm See war Wind aufgekommen und ließ die unzähligen CDs und Lamellen aus Aluminium schaukeln, die zum Schutz der Früchte vor den Rabenkrähen in den Bäumen hingen. Ich wurde das Bild nicht los, wie Mama irgendwo am

Boden lag, mutterseelenallein, während sich die Aasfresser um die besten Stücke stritten.

Die süßlichen Ausdünstungen der Vegetation nach der ermattenden Schwüle dieses Junitags drangen jetzt deutlich durch sämtliche Ritzen ins Innere des Zimmers. Der Geruch der Erde, wenn abends die Feuchtigkeit herabfällt, rührt mich immer ganz besonders. Die Welt ruht sich aus. Sammelt ihre Kräfte. Ohne die Erquickung der Nacht würde alles auf diesem Planeten verwelken, verkümmern, kaputtgehen, vom Sonnenlicht ausgelaugt bis ins Mark.

Ein unsichtbares Netz webte sich Stück für Stück zwischen mir und draußen. In Agons Hütte zu übernachten war fast, wie unter freiem Himmel zu schlafen.

Ich ließ mich sanft vom Geklimper in den Ästen wiegen, im klaren Bewusstsein meiner Lungen, meines Herzens, meiner Blase, meiner Leber – unabhängige, zufriedene Einheiten, eine jede brav an ihrem Platz in meinem Körper. Zweifelsohne war ich im Bann von Agons Balkanmedizin.

Der Baudelaire wurde auf einmal sehr schwer und rutschte mir aus den Fingern. Die welligen Seiten schlossen sich abrupt vor meiner Nase. Ein erdiger Geruch entströmte ihnen. Zwischen den Zeilen hätten Samen keimen können. Das Buch war im Begriff, Vegetation zu werden.

Dumpfe Geräusche rissen mich gegen zwei Uhr morgens aus dem Schlaf. Ich konnte sie zuerst nicht einordnen: ein undeutliches Rumpeln, ein bisschen wie gedämpfte Töne aus einem schlechten Transistorradio. Die Matratze knarrte fürchterlich, als ich mich aufrichtete. Die duftgeschwängerte Luft in der Hütte – Gerüche von Holz, Humus, eingelegten Früchten und allerlei anderen, schwer zu entziffernden Komponenten – riefen mir wieder in Erinnerung, wo ich war.

Staub rieselte von der Decke. Auf den Regalen wackelten die ineinander gestapelten Töpfe, Plastikflaschen, französischen Klassiker, als ob sie plötzlich ein Eigenleben entwickelt hätten. Ich fuhr mir mit einer Hand übers Gesicht und strengte mich an, so schnell wie möglich meinen Geist und meinen Körper in Einklang zu bringen. Der Lärm kam von der anderen Seite der dünnen Trennwand. In dem Raum, der als Küche, Wohnzimmer und gelegentlich auch als Schlafzimmer diente, herrschte ein Tumult.

Ich schob die Tür einen Spalt weit auf und stand direkt vor Agons Rücken. Agon war nackt bis auf die Unterhose, und ohne die Kleider, die seine Figur verhüllten, wirkte er auf einmal merkwürdig korpulent. Ich brauchte einen Augenblick, um zu verstehen, was hier los war. Er schwang einen Riemen, den er normalerweise zum Schleifen seines Werkzeugs benutzte. Als er einen Schritt nach links zur Seite wich und den großen Lederriemen vor sich knallen ließ, erspähte ich zwei weitere Männer: einen mit einer Schaufel, den anderen mit einer langstieligen Hacke.

Agon versuchte, sie sich vom Leib zu halten. Die Waffen sausten durch die Luft, schlugen in die Wände ein und hinterließen tiefe Kerben. Mir blieb gerade noch Zeit, zurückzuweichen, sonst hätte mir die Schneide des flachen, scharfkantigen Eisens den Schädel zertrümmert. Es streifte meine Zehen.

Ich schloss geräuschlos die Tür, stieg über einige Säcke hinweg, stieß ein paar herumstehende Eimer und alte Gießkannen um und floh zur Hintertür hinaus. Draußen angelangt, querte ich das Kohlbeet und die Erdbeerstränge auf Agons Gelände, dann rannte ich die Avenue Pivoine entlang bis zur Nummer 8, wo Netos Hütte stand. Ich hämmerte an seine Tür und setzte ihn, als er öffnete, mit wenigen Worten ins Bild.

Mit einem Spaten bewaffnet trommelte er die Bewohner der Pleine-Lune-Allee Nummer 2, der Casbah-Allee Nummer 6 und der Tulipe-Allee Nummer 3 zusammen, und zu viert hasteten wir zurück, um Agon zu Hilfe zu kommen. Als wir den Gartenzaun erreichten, lag er zwischen den riesigen Bohnenstangen, die fast alle auf halber Höhe abgesäbelt waren.

Die Angreifer hatten ihn niedergerungen und ins Freie gezerrt. Sie schlugen abwechselnd und systematisch auf ihn ein und brüllten dazu »Lapuznik! Lapuznik!«

Meine Kumpane stürzten sich ins Gefecht. Die Angreifer traten sofort den Rückzug an, vermutlich betrachteten sie ihre Arbeit sowieso als erledigt. Sie wollten sich durch die Hecke davonmachen, verfingen sich jedoch in den Zweigen und Dornenranken der dichten grünen Mauer. Ich schlug zusammen mit den anderen auf sie ein, um sie an der Flucht zu hindern. Gar nicht so leicht, einen Rechen als Waffe zu benutzen. Die elastische Binde, die den geborstenen Holzstiel zusammenhalten sollte, hatte sich gelöst und wehte wie ein Banner im Halbdunkel. Mein erster Versuch fruchtete nicht. Der Rechen prallte von einem Stamm zurück und schlug mir mit voller Wucht gegen die Stirn. Auch der zweite Anlauf brachte nichts. Das Metallstück verfing sich im Gestrüpp. Ich zerrte daran, um es wieder zu befreien, und stieß mir dabei den Stil in die Rippen. Neto und seine Freunde legten deutlich mehr Geschick an den Tag als ich. Vielleicht hatten sie Übung darin, sich in diesem Kampfstil gegen Plünderer und Pflaumendiebe zur Wehr zu setzen.

»Scheiße!«

Die zwei im Gestrüpp kauernden Männer hatten es doch noch geschafft, geduckt hindurchzuschlüpfen und vom Grundstück zu entkommen.

Wir rannten um Agons Garten herum. Ich hielt den Rechen mit beiden Händen hoch über den Kopf, um nicht darüber zu stolpern.

Mitten auf der Avenue Pivoine blieben wir stehen und lauschten, in der Hoffnung, sie noch aufzuspüren. Dunkelheit und Stille lagen wie ein Mantel über den Hecken, Bäumen und unzähligen Hütten. Wir hörten das Rascheln eines Flügelschlags. Ein aufgescheuchter Vogel erhob sich von einer diffusen Masse und ließ sich, auf der Suche nach einem sichereren Ort, auf einer anderen nieder. Eine Wolke schob sich vor den Mond, und die Schatten nahmen neue Formen an. Die gesamte Vegetation schien für einen Augenblick in der Dunkelheit umherzuirren.

Wir schauten einander enttäuscht an. Die aneinandergereihten Gärtchen wirkten auf einmal viel größer. Ein brauner Hauch wehte vom See herauf. Wir machten uns auf den Rückweg.

Agon lag auf dem Rücken. Er erinnerte an einen riesigen Käfer, der nicht mehr auf die Füße kam.

»Er hat gebrochene Rippen.«

»Agon! Agon!«

»Kannst du sprechen?«

»Er hat eine klaffende Wunde am Kopf.«

»Wir brauchen Taschentücher, um das Blut zu stillen.«

»Agon! Agon!«

»Er antwortet nicht.«

»Wir rühren ihn nicht an.«
»Er atmet normal.«
»Er verliert Blut.«
»Nicht so schlimm, glaube ich.«
»Wir müssen einen Krankenwagen rufen.«
»Wer hat ein Telefon?«
»Ich habe eins.«
»Worauf wartest du noch?«
»Es liegt in der Hütte.«
»Na los, mach schon.«
»Okay, okay.«
Ich rannte los.

Ich ging einen blanken, neongrellen Korridor entlang, als ich eine Krankenschwester auf mich zukommen sah. Obwohl ich zunächst nur ihre Silhouette ausmachen konnte, wusste ich sofort, dass sie es war.

Ihr Gang ist mir unauslöschlich ins Gedächtnis eingebrannt. Wenn ich an sie denke, sehe ich förmlich vor mir, wie sie beim Gehen mit leicht vorgebeugtem Oberkörper abwechselnd die Schultern ein wenig mitnimmt, wenn ihr Körpergewicht von einem Bein aufs andere wechselt. Ihre Knie federn bei jedem Schritt und lösen eine winzige Vibration in ihren Hüften aus.

Ich verlangsamte meine Schritte. Im selben Augenblick wurde auch sie langsamer und schien zu zögern, als ob ihr gerade einfiele, dass sie etwas vergessen hatte und noch einmal umdrehen musste. Sie war noch weit weg, verschwommen in dem fahlen, flachen Licht, doch ich ließ sie nicht aus den Augen, und so begegneten sich unsere Blicke trotz der Entfernung. Sie kehrte nicht um. Sie hielt nur einen kurzen Moment inne, dann ging sie weiter in meine Richtung und tat demonstrativ so, als ob nichts wäre.

Dass ich ihren Körper und selbst ihre winzigsten Gesten so gut kannte, jagte mir eine Gänsehaut über den Rücken. Dieses großzügige Schlenkern der Arme war bei ihr in Wirklichkeit ein Versuch, Selbstsicherheit vorzutäuschen. Ich verstand zutiefst den Aufruhr in den Gedanken dieser Frau, die ich geliebt, die mich jedoch verlassen hatte; aber seltsamerweise und zu meiner eigenen Überraschung half mir diese Tatsache, meine eigene Erregung zu verbergen. Und so ging ich mit raschen Schritten auf sie zu.

»Ana!«

»Carlo!«

In dem schmalen Korridor schienen unsere Stimmen gar nicht uns zu gehören, fast als hätten wir sie uns für den Anlass von Fremden geborgt.

»Wie geht's?«

»Gut, und dir?«

»Gut.«

In dem künstlichen Licht wirkte Ana bleich. Ihre Haare hatten einen rotblonden Ton, als ob wir in der prallen Sonne stünden. Meine Aufmerksamkeit blieb an den hellen, fast unsichtbaren Härchen an ihrer Oberlippe hängen.

»Und dein Finger?«

»Ach, das! Stimmt. Eine Schnittwunde. Ziemlich tief.«

»Lass mal sehen.«

Sie klopfte auf den Verband, drückte ihn leicht, um die Dicke zu prüfen, und inspizierte ihn von allen Seiten. Sie schien ganz in ihren trägen Körper zurückgezogen. Bestimmt hatte sie gerade eine Nachtschicht hinter sich. Ich kenne diese Müdigkeit an ihr gut: Sie bewirkt, dass sie zeitweise abwesend ist. Man darf sie dann bloß nicht erschrecken.

»Saubere Arbeit.«

»Ja.«

»Wer hat ihn gemacht?«

»So ein junger Mann mit Locken, hier im Krankenhaus.«

»Mit einem Ohrring?«

»Genau.«

»Azem. Ich hab's ihm beigebracht.«

»Verheilt es nicht?«, fragte sie weiter.

»Nein.«

»Verstehe. Der Verband nässt.«

»Ist auch eine Mordswunde.«

Sie sah mich verständnislos an. Ich erklärte ihr, wie es dazu gekommen war: der Alte, der sein eingezäuntes Stück Wildnis verteidigte, und wie mir mein Angestellter vor Ort Erste Hilfe geleistet hatte.

»Bei der geringsten Gelegenheit springt es wieder auf. Eine falsche Bewegung ...«

Sie schenkte mir ein Krankenschwesterlächeln, so ein leicht trauriges Lächeln, voller Wohlwollen, aber mit dieser Nuance von Schicksalsergebenheit.

»Komm mit, ich mach dir einen neuen.«

Nichts war mir lieber. Wir gingen bis zum Ende des Flurs, bogen um die Ecke, folgten einem weiteren langen Flur und erreichten schließlich einen kleinen, für Notfälle ausgestatteten Raum.

»Was machst du hier im Krankenhaus?«

»Ich habe einen meiner Arbeiter besucht.«

»Wen?«

»Agon.«

Sie kannte ihn nicht, weil ich ihn kurz nach ihrem Auszug erst eingestellt hatte.

»Ein Unfall?«

»Nein. Er wurde zusammengeschlagen.«

Auf einem kleinen Hocker sitzend wickelte Ana den Verband auf, so vorsichtig, als könne unter jeder Lage eine böse

Überraschung zum Vorschein kommen. Die obersten drei Knöpfe ihres Kittels waren offen und gaben ihren Ausschnitt frei. Ihre Schlüsselbeine und die Knochen ihres Brustkorbs zeichneten sich unter der weißen Haut ab, außer an der Stelle, wo die Wölbung ihrer Brüste begann. Sie wirkten, als wären sie nicht richtig befestigt. Offenbar hatte Ana abgenommen.

Sie hatte sich leicht zu mir gebeugt, ihr Knie drückte gegen meinen Schenkel. Ich konnte ihren Duft atmen, eine Mischung aus Schweiß und einem herben Parfüm, ein Duft, der genau in ihrem Ausschnitt zu entspringen schien und mich an trockenes Laub im Regen erinnerte.

Wir hatten immer eine Steppdecke im Kofferraum unseres Autos. Oft genügte der bloße Anblick einer Lichtung hinter einer Kurve, der Windungen eines Bachs in der Ferne, ein würziger Geruch von Unterholz, der durch das geöffnete Fenster in die Fahrerkabine des Autos drang, um die Luft elektrisch aufzuladen, die in unsere Lungen gelangte. Dann hielten wir bei der nächsten Gelegenheit am Straßenrand an und suchten uns eine von Blicken geschützte Stelle im Gelände. An einem geeigneten Platz breiteten wir die Decke aus, auf einem Teppich aus trockenen Zweigen, Humus oder hohem Farn, den wir plattdrückten, um uns zu lieben, nur mit dem geschmeidigen, zierlichen Himmel über uns. Anas glatte Haut, die ins Orangefarbene gehenden blonden Härchen, ihr muskulöser Körper, mit rötlichen Flecken an manchen Stellen, verströmen einen balsamischen Duft von harzigen Bäumen und fruchtigem Laub.

Manchmal war es ziemlich akrobatisch, und ich musste voller Zärtlichkeit an ihre geöffneten, gespannten Pobacken denken, wenn sie ihre im Gebüsch verstreuten Kleidungsstücke einsammelte, eine Situation, die mich weit mehr erregte als jede andere üblicherweise als erotisch geltende Pose. Ana ist überzeugt, dass ein Orgasmus Antikörper freisetzt, Hormone, deren Wirkung auf den Organismus der von Tabletten gegen Kopfweh oder Gelenkschmerzen in nichts nachsteht.

Warum haben wir uns nicht zusammengesetzt und Bilanz gezogen, warum haben wir nicht beschlossen, uns eine Pause voneinander zu gönnen, und es nach ein paar Monaten noch einmal neu versucht? Warum hatten wir nicht die Kraft, zu reagieren, als unsere Beziehung auseinanderfiel? Ich musste daran denken, wie wir uns wochenlang kaum begegneten, ich in den Parks und Gärten, sie Tag und Nacht im Krankenhaus, und wie uns irgendwann klar wurde, dass das Dekor unseres Lebens nur noch Illusion war, dass die Urlaubserinnerungen, die gemeinsam gekauften Möbel nicht mehr ganz an ihrem Platz waren, dass wir selbst nicht mehr ganz da waren, wo wir hätten sein sollen, unsere Spur nicht mehr fanden, uns an den spitzen Tischecken stießen, uns gegenseitig störten, uns manchmal sogar aus dem Weg gingen und es uns nicht gelang, miteinander zu reden, weil unsere Stimmen in der ungewohnten Stille unserer Wohnung klangen, als wäre alles um uns herum unecht und wir würden uns in einem Vakuum unterhalten.

In dem winzigen Behandlungsraum, inmitten seltsamer, mit Plastikhüllen geschützter Instrumente, nahm Ana eine riesige Dimension an. Sie schwieg konzentriert, und ich schloss die Augen.

Ich roch ihr Parfüm, besonders, wenn sie sich näher zu mir beugte und ihre Haare fast mein Gesicht streiften. Instinktiv streckte ich mich ein klein wenig nach vorn, damit sich unsere

Haut berührte, jedoch ohne Erfolg. Sie desinfizierte die Wunde. Es tat nicht weh. Ich hörte ihren Atem, und hin und wieder streifte er mich: das, was aus ihrem tiefsten Inneren kommt, die konkrete Manifestation des Glühens in ihrem Körper.

Ich sagte mir, dass es großartig und bedrückend zugleich war, Ana so umfassend, so präzise zu kennen. Sie funktionierte genauso, wie sie funktioniert hatte, als wir zusammen waren, als ich sie morgens beim Frühstück an mich drückte, als ich abends, bevor wir uns dem Schlaf überließen, für einen Moment den Kontakt mit ihr suchte, als ich sie so sah wie sonst niemand, erschöpft oder entmutigt, als ich ihr beim Ankleiden zusah, weil sie meinen Rat wollte, den sie dann doch nie befolgte, als sie nackt vom Bad ins Schlafzimmer lief, wo sie ein Kleidungsstück vergessen hatte, und ihre Brüste mit den Armen verbarg, als sie mich bat, ihren Bauch oder ihre Hüften abzutasten, weil sie fürchtete, zugenommen zu haben, als sie ihren Pullover auszog, um mir einen Leberfleck zu zeigen, der sie beunruhigte, als sie sich, weil ihr die Bettdecke davongerutscht war, im Schlaf zusammenringelte wie eine Katze im Korb, um sich gegen die Kälte zu schützen.

Ich schlug die Augen auf. Ana war fast fertig mit dem Verband. Unsere Blicke begegneten sich. Sie intensivierte ihren, und ich erwiderte ihn. Einige Sekunden verharrten wir so. Ich wollte ihr sagen, dass ich sie liebte, dass sie mir fehlte, dass ihr Körper, ihr Duft, jede ihrer Körperhaltungen, jede ihrer Gesten in meinen Körper eingebrannt waren, dass ich keine Bewegung machen konnte, ohne sie ganz und gar bei mir zu haben. Ich wollte ihr sagen, dass ich nicht ohne sie leben konnte, vollgestopft mit Erinnerungen, mir selbst ein Fremder.

Gummischläuche, blaue und rote Schalter, bauchige Glasflaschen und ein Arsenal komplexer Apparaturen befanden sich außerhalb der Schutzhüllen aus Plastik. Die Atmosphäre war seifig, durchzogen von Medizingerüchen. Alles war blitzsauber. Die Patienten, die in diesem Zimmer warteten, fragten sich vermutlich, wozu diese oder jene Apparatur diente und ob ihr Zustand es wohl erfordern würde, dass sie an die eine oder andere davon angeschlossen würden.

»Woran denkst du?«

»An nichts.«

»So, fertig.«

»Danke.«

»Ich gebe dir noch ein paar zusätzliche Klammern zum Fixieren mit, falls du welche verlierst.«

Ich betrachtete meinen Daumen: Er war jetzt zweifelsohne eleganter als vorher. Sie richtete sich auf und betrachtete mich von oben, die Hände in den Taschen ihres Kittels vergraben. Ich habe Ana nur sehr selten im weißen Kittel gesehen. In diesem Augenblick fiel mir auf, dass sie darunter nur Slip und BH trug. So machen das Krankenschwestern, um sich freier bewegen zu können.

»Mina hat mir gesagt, dass ihre Großmutter verschwunden ist.«

Ich erklärte ihr, dass die Polizei zwei oder drei Tage verstreichen lässt, bevor sie aktiv wird. Bestimmt war es nur eine Eskapade, und sie würde wieder auftauchen. Ich gab zu, dass es mich beunruhigte, nicht zu wissen, wo sie war, womöglich tot. Ich versprach, sie auf dem Laufenden zu halten.

Ana biss sich auf die Unterlippe. Das macht sie, wenn sie nach Worten sucht. Ihr Kinn wird dann ganz spitz. Schließlich sagte sie: »Mina nimmt an einer Sammelausstellung teil.«

»Ach ja?«

»Zum Abschluss ihres Studienjahres. Es ist das erste Mal, dass sie bei einer Ausstellung dabei ist.«

»Und?«

»Wir könnten zusammen hinfahren …«

»Nach London?«

»Sie würde sich freuen, uns zu sehen.«

»Uns beide?«

»Uns beide.«

»Warum nicht?«

»Prima. Ich kümmere mich um alles.«

Salut, Agon.«

Er hielt sich am Nachttisch fest und machte Kniebeugen. Der durchsichtige Schlauch, der zu der Infusion mit den Schmerzmitteln führte, streckte und krümmte sich rhythmisch, und sein Kopf oberhalb der Zervikalstütze färbte sich dunkelrot. Einige bleiche Teile seiner Anatomie kamen durch die Bewegung auf unerquickliche Weise zum Vorschein.

»*Salut*, Weiss.«

Im anderen Bett schlief ein Mann auf dem Rücken. Ein Sammelsurium von Bronchialsekreten gurgelte in seiner Kehle. Das Atmen fiel ihm schwer, und er lag regungslos da, schien sich jedoch entschlossen zu haben, sein Leiden mit Diskretion und Ausdauer zu ertragen.

Agon hatte noch mal Glück gehabt. Eine Schädelverletzung, ein gebrochenes Schulterblatt, ein Milzriss, eine Stauchung der Halswirbelsäule, mehrere gebrochene Rippen, jedoch ohne Perforation der Lunge. Die Ärzte waren beeindruckt, wie viel er wegstecken konnte. Er lehnte es ab, seinen geschundenen Körper ausschließlich ihrer Zuständigkeit zu unterstellen. Er wollte von sich aus wieder auf die Beine kommen, um so schnell wie möglich entlassen zu werden. Obwohl er einen breiten Verband um den Oberkörper trug und in den Fängen mehrerer orthopädischer Apparate steckte, erlegte er sich ein Programm mit allerlei mentalen und körperlichen Übungen auf.

Ich reichte ihm den *Graf von Monte Christo*, den ich ihm auf seinen Wunsch aus der Hütte mitgebracht hatte.

Auf dem Bettrand sitzend schlug er das schwere Buch auf, hielt es sich direkt vor die Nase und las aufs Geratewohl ein paar Zeilen. Sein Gesicht verschwand praktisch darin. Dann holte er tief Luft und sog den Duft der Seiten in sich auf. Ich betrachtete seinen dicken, breiten, beinahe schwarzen Daumennagel, ein robustes Werkzeug zum Aufscharren, Zerdrücken, Spalten, Lockern, Hineindrücken und Schneiden. Agons Hände sind riesig, wie geschaffen für das Bearbeiten der Erde, aber, so fiel mir in diesem Moment auf, genauso gut geeignet, einen Gegner jedweden Formats niederzuschlagen oder ihm den Hals umzudrehen.

Als er wieder aufblickte, waren seine Augen schwer wie zwei mit Wasser vollgesogene Schwämme. Er blinzelte, und eine Träne kullerte. Ich schrieb es der Wiedersehensfreude mit Edmond Dantès und dem Abbé Faria zu, aber mehr noch dem Wohlgefühl, das die Wiederbegegnung mit den Geruchssedimenten seiner Hütte auslöste, die sich mit der Zeit in den Fasern des Papiers und den Fäden des Einbands abgesetzt hatten.

Er legte das Buch auf dem Nachttisch ab, neben einem Strauß Glockenblumen, die fernab ihres heimatlichen Feldes in einer Vase ihr Exil fristeten, sowie einem terrassenförmigen Arrangement von *Läckerli*, glacierten Maronen und anderen Süßigkeiten.

Ich hatte den ganzen Tag mit Bitil und Lastar für eine holländische Kundin gearbeitet. Madame Nyenhuis besaß einen großen Park oberhalb des Sees, mit Nischen, Treppchen und Geländern, dazu geeignet, anlässlich mehr oder minder gediegener Empfänge als hierarchisch angeordnete Plätze für ein Stelldichein zu dienen. Wir installierten für sie eine kleine japanische Brücke über ihren Teich, weil sie kleine japanische Brücken liebte, oder vielmehr die Idee von kleinen japanischen Brücken. Sie sind rein dekorativ und dienen nie dazu, von einem Ufer ans andere zu gelangen. Dass es sich in Wirklichkeit um eine albanische Brücke handelte, im Wesentlichen zusammengebaut aus den Resten eines bei einem Granateinschlag zertrümmerten Hühnerstalls, blieb unser Geheimnis.

Sie beklagte sich, dass die Büsche entlang der Wege und Terrassen ihre Blätter verloren. Irgendwann wurde mir klar, dass sie eingingen, weil die Besucher sich regelmäßig in die Sträucher übergaben. Der Alkohol sickerte in den Boden und führte schleichend zum Absterben der Wurzeln.

»Du hättest Natron streuen sollen.«

»Um den Alkohol im Boden aufzusaugen?«

»Wenn es unsereins hilft bei einem Kater …«

Ich zuckte mit den Schultern. Er bot mir eine glacierte Marone an.

»Bist du mit Bitil und Lastar zufrieden?«

»Jaja. Sie arbeiten gut. Aber sie kommen sich ein bisschen verloren vor in so einem Ambiente.«

Die beiden bildeten ein schweigsames Tandem: Wenn sie in ihre Arbeit vertieft waren, waren ihre Blicke leer, doch sobald sie heimlich zu Madame Nyenhuis hinüberspähten, füllten sich ihre Augen mit einem seltsamen Hass. Vielleicht hatten sie sich in den geschundenen Dörfern ihrer Heimat an gemeinen Taten beteiligt. Vielleicht hatten sie dies mit derselben Sanftmut getan, mit der sie jetzt Löcher zum Einsetzen der Blumenstöcke gruben.

»Was waren das für Kerle?«, fragte ich schließlich.

»Ich weiß nicht.«

»Warum wollten sie dich umbringen?«

Er hielt sich an der Stange über dem Bett fest, um ein paar Klimmzüge zu machen, und vollführte dazu so heftige Hüftbewegungen, dass der Verband um seinen Brustkorb abstand. Er hatte keine Anzeige erstattet, und so würde es auch keine polizeiliche Untersuchung geben.

»Ich weiß es nicht, ehrlich.«

Die abgehackten, pfeifenden Atemgeräusche des Zimmernachbarn erzeugten eine Melodie wie von den Metalllamellen einer kleinen Mundharmonika. Vereinzelt meinte man, in seiner Kehle sei ein Kranz von Glöckchen eingeschlossen, die klirrend aneinanderstießen.

Agon maß mich einen Moment lang intensiv mit den Augen – eine sehr konkrete Art, mir das Wort abzuschneiden.

»Ich hab was für dich«, sagte er dann.

Er reichte mir einen sorgfältig in Zeitungspapier verpackten Gegenstand.

»Was ist das?«

»Mach's auf.«

Es war der Bilderrahmen mit dem Foto von Mama als jungem Mädchen.

»Edith hat es mir gebracht.«

»Edith?«

»Madame Jaquet. Sie war kurz vor dir da.«

Er richtete den Blick auf den Nachttisch.

»Sie hat mir die ganzen Süßigkeiten mitgebracht. Wir mussten unseren Waldspaziergang auf später verschieben.«

»Allerdings«, murmelte ich.

»Sie hat gesagt, seit deine Mutter nicht mehr da ist, findet sie es komisch, von früh bis spät das Foto von ihr zu sehen.«

Ich betrachtete die Fotografie in der fahlen Beleuchtung. Mamas spindeldürrer Körper steckte in einer enganliegenden Bluse mit Ausschnitt und einem gerade geschnittenen Rock. Sie wirkte frei und entspannt, als hätte sie einen Schub nach vorn erhalten. Sie ließ die Welt auf sich zukommen. Sie lächelte, doch ihr ganzes Gesicht erzählte, dass sie gerade eben noch schallend gelacht hatte, und auch Lust hatte weiterzulachen und sich nur für das Foto zusammenriss. Ihre Augen verschlangen förmlich die Leere vor ihr, und ich fragte mich, wer wohl am anderen Ende dieses Raums stand, wer den Apparat hielt, wessen Gegenwart sie in diesem konkreten Augenblick dazu brachte, so vor Glück zu strahlen.

»Die Markise hinter ihr. Mit den Blumenmotiven auf der Konsole. Das erkenne ich wieder. Das ist der Eingang des *Grand National.*«

»*Grand National*?«

»Ein Luxushotel. Sie lieferte dort für ihren Vater Brot aus.«

»*Grand National*? Was für ein komischer Name. Und wo ist das?«

»In Glion. Oberhalb von Montreux.«

»Du solltest da mal anrufen.«

»Meinst du, sie …«

»Man weiß ja nie. Vielleicht …«

Ich war nicht unglücklich, das Krankenhaus zu verlassen. Irgendwie konnte ich mich des Eindrucks nicht erwehren, dass die Zeit in abgeschlossenen, beengten und schlecht belüfteten Räumen langsamer verging. Ich verspüre dann eine Bedrückung, wie wenn ich gerade einen Vorgeschmack auf das Alter durchlebt hätte. Ich pflanzte mich vor dem Bergpanorama jenseits des Sees auf. Was für eine Kulisse! Oben in der Höhe lag noch Schnee. Dieses Blau! Dieses Weiß! Das Licht war fast zu viel. Ich füllte meine Lungen mit Luft und hatte das Gefühl, gleich von dem Raum über mir aufgesogen zu werden.

Ich zog mein Telefon heraus und suchte im Internet nach der Nummer des *Grand National*. Auf meine Erkundigung hin bekam ich von einer beschwingten Stimme zur Antwort: »Wir haben tatsächlich die Ehre, Madame Weiss seit einigen Tagen zu den Pensionsgästen unseres Hauses zu zählen.«

Der Lieferwagen stand unter einem großen Ahornbaum, der sich in eine Klangkugel verwandelt hatte. Vögel kreischten darin mit überbordender Energie um die Wette, als spielten sie ein Spiel namens »Wer als Erster an Erschöpfung stirbt«. Es klang wie ein Schrei der Verzweiflung.

»Scheiße!«

Ich hatte die gelblichen Exkremente auf dem Türgriff nicht bemerkt, und nun war mein nagelneuer Verband voller Dreck.

Gärten sind sozialistisch, die Natur ist kapitalistisch. Erstere bringen die Sehnsucht nach einer in sich geschlossenen, geschützten Welt zum Ausdruck, in der nichts dem Zufall überlassen bleibt, während Letztere dem ungehinderten Zirkulieren, der Unordnung und dem Triumph des Stärksten ohne äußere Einmischung Vorschub leistet. Laut Agon träumten die kommunistischen Machthaber davon, dass das ganze Land wie eine jener Gartenanlagen rund um die Großbauten des Regimes wäre, Gärten, in denen selbst der Rasen zu Füßen der großen Heldenstatuen zu Tode gemäht wirkte.

Dann, mit dem Krieg, waren Kolonnen von Pioniergräsern in den aufgerissenen Straßen gewachsen, undisziplinierte Sträucher waren aus den Mauern verlassener Häuser hervorgesprossen, als hätten die Ziegel schlafende Samen enthalten. Die saft- und kraftlose Natur der öffentlichen Plätze erwachte zum Leben. Und die großen, gepflegten Parkanlagen in der Hauptstadt, der Stolz des Regimes, waren spontan zu einer Ökonomie der Konkurrenz zurückgekehrt, wurden im Nu von Pflanzen erobert, die von Gott weiß woher geweht worden waren. Nur wenige Monate später hatten Rehe, Goldschakale und durchtriebene Wildschweine hier unbehelligt ihr Quartier etabliert.

Ich habe zwei Arten von Kunden: Die einen rufen mich, wenn die Vegetation ausufert, und sind dann voll Bedauern, wenn das Gestrüpp, die Ranken und Dornensträucher verschwinden, an deren Anblick sie sich gewöhnt hatten. Die anderen rufen mich hingegen regelmäßig, damit ich jedweden Vitalitätsschub selbst der kleinsten Zweiglein und bescheidensten Sträucher einbremse und unter Kontrolle halte.

Ich fuhr auf der A9 am Seeufer entlang inmitten von Weinbergen. Hie und da lagen Häuser auf Vorsprüngen in den Hängen über dem See, alle umfriedet und auf engstem Raum. Kein Strauch, kein Baum, kein Fels war hier zufällig platziert. Die Bemühungen der Menschen, sich eine Umwelt nach ihrem Abbild zu gestalten, können auch sehr berührend sein.

Bevor es in die Berge hinaufging, machte ich im Bahnhofsrestaurant von Montreux-Territet halt. Der Innenraum war zu grell erleuchtet, die Tische glänzten von den Ellbogen der Gäste und den Lappen energiegeladener Serviererinnen, die sie über Jahre hinweg poliert hatten. Alte Werbeplakate, die die touristischen Vorzüge der Waadtländer Riviera rühmten, das Narzissenfest, den Wintersport, zierten die Wände: kurzhaarige Frauen in Etuikleidern auf Schlitten, Frauen in einem Meer aus weißen Blumen, Frauen im einteiligen Badeanzug auf einem Steg, bereit, in das vollkommen stille Wasser des Sees zu springen.

Abgesehen von zwei Holzfällern, die schweigend in einer Ecke saßen und in ihre Handys vertieft waren, war ich der einzige Gast.

»Bonjour.«

Die junge blonde Frau sprach mit schweizerdeutschem Akzent.

»Bonjour, Mademoiselle. Gibt es etwas zu essen?«

»Die Küche ist noch nicht geöffnet.«

»Ah. Schade! Dann drei Dezi Montreux, bitte.«

»Wir haben noch Griebenkuchen«, sagte sie.

»Perfekt, danke.«

Ich trank langsam den Weißwein, und die kleinen Stücke Griebenschmalz mischten sich im Mund angenehm mit dem Alkohol.

Die Holzfäller erhoben sich. Sie zogen ihre dicken Jacken über, riefen der Form halber einen Gruß in den Raum und gingen hinaus. Allein in dem großen, nach Holz riechenden Saal, überkam mich auf einmal das Gefühl, dass das ganze Interieur vom Schmutz vergangener Jahrzehnte starrte, und da meine drei Dezi sowieso leer waren, verließ ich ebenfalls das Lokal.

Die Straße nach Glion hinauf verläuft in Serpentinen durch einen bestens gepflegten, sauberen und luftigen Wald, mit viel Abstand und Licht zwischen den nackten Baumstämmen. Wenn ich am Lenkrad kurbelte, um die Haarnadelkurven zu nehmen, pochte das Blut in meinem Finger unter dem dicken, nicht mehr sauberen Verband.

Ich parkte vor dem Geburtshaus meiner Mutter. Die Bäckerei existierte schon lange nicht mehr. Ein Dekorationsfachgeschäft war danach in den Laden gezogen: Der verblasste Schriftzug *Art for smile* war noch über dem Schaufenster zu erkennen. Die Eingangstür und das Schaufenster waren mit großen Pappkartons verklebt. Ich trat zwei Schritte zurück und blickte zu den verschlossenen Fensterläden der ersten Etage hinauf.

Mama war in diesem Haus während eines heftigen Unwetters auf die Welt gekommen. Mein Großvater hatte den ganzen Tag unruhig durch die zunehmend vereisten Fenster in den Flockenwirbel am dunklen Himmel gestarrt. Das Dorf hatte unter der wachsenden Schneedecke ungekannte Formen angenommen, und die von Pferden gezogenen schweren, dreieckigen Schneepflüge aus Holz konnten an diesem Tag Ende der zwanziger Jahre nicht eingesetzt werden, um die Wege frei zu machen. Der Arzt kam erst am nächsten Morgen. Eine Schneewehe hatte die Tür seines Chalets blockiert. Aber mein Großvater war überzeugt, dass er für die Makkaronifresser eben nicht alles versucht hatte, was in seiner Macht stand. Er war nie in die Bäckerei gekommen, sondern hatte sein Brot im Flachland gekauft.

Eine Nachbarin hatte sich um den Säugling gekümmert, während mein Großvater im anderen Zimmer beim Leichnam seiner Frau die Totenwache hielt und sich fragte, ob man wohl eine Beerdigung würde abhalten können, wenn alle Gräber im Friedhof unsichtbar unter zwei Metern Schnee begraben lagen.

Im Dorf hatte man angenommen, der Witwer werde seinen Laden aufgeben und nach Italien zurückkehren, denn wie sollte er wohl allein mit einem Säugling zurande kommen? Ein junges Mädchen, eine Cousine, war von dort hergekommen, um ihm zu helfen, jedoch nach einem Jahr wieder zurückgekehrt. Mama hatte mir x-mal erzählt, wie sie in der Backstube im Keller zwischen den Beinen ihres Vaters aufgewachsen war, neben Backtrog und Ofen, und wie die Verkäuferinnen im Laden sich um sie gekümmert und ihr einen in Sahne oder flüssige Schokolade getauchten Daumen zum Nuckeln in den Mund gesteckt hatten, wenn sie schrie.

Pia wurde eine Schönheit. Pia wurde der ganze Stolz ihres Vaters: die dunkelgrünen Augen, die ihr eine Aura von Melancholie verliehen, der pechschwarze Pferdeschwanz und die schneeweiße Haut. Er wollte, dass sie so stark würde wie ein Junge. Jeden Morgen fuhr sie mit dem Rad die steilen Wege hinauf und belieferte die Luxushotels der Umgebung, ohne sich jemals zu beklagen. Manchmal ließ mein Großvater mitten in der Arbeit die Hände sinken, um sie in maßlosem Staunen zu betrachten. Vermutlich konnte er es gar nicht fassen, durch das Wunder der Fortpflanzung mit einer so außergewöhnlichen Schönheit verbunden zu sein, und war überzeugt, dass zwei Personen im Köper seiner Tochter wohnten. Die verlorengegangene Lebenskraft seiner zu früh verstorbenen Frau musste Pia diese robuste und sorglose Konstitution eingeflößt haben.

Ich musste daran denken, dass Mamas Schönheit für mich nie von Bedeutung gewesen war. Vor meiner Geburt war sie eine sehr schöne junge Frau. Sie war schön für Papa. Die Männer blickten sich nach ihr um, wenn ich als Kind mit ihr auf der Straße ging. Mama war immer für die anderen schön gewesen. Dieser Gedanke machte mich traurig. Ich zog geräuschvoll die Nase hoch.

Gegenüber vom Haus hatte die Natur sich die verwaisten Tennisplätze zurückerobert, und jenseits davon, hinter dem rostigen Zaun, wuchsen Grasbüschel auf dem festgetretenen Boden des ehemaligen *Bocce*-Platzes. In der großen Stille der Sonntage hatte mein Großvater dort mit seinen Freunden die Kugeln klicken lassen, während die Kundschaft der Hotelpaläste sich die Bälle übers Netz servierte.

Ich folgte dem Gleis der Zahnradbahn, dann der verrammelten Fassade des stillgelegten *Continental*. Eine sehr steile Gasse, deren Ende hinter einer Bodenwelle verborgen lag, schien direkt in den See abzustürzen. Überall roch es nach

Stein: nach Pflaster und Balkonen, Freitreppen und Balustraden. Sonst ging kein Duft von den terrassenartigen Beeten aus. Der Schatten der Berge lag über den Häusern und kroch in die Gassen: ein Dorf bestückt mit großen Hotels, das immer schon ein Halbtagsdasein geführt hatte, nur zwei Jahreszeiten von vier, nur eine Hälfte des Jahres lebte, und nun endgültig tot zu sein schien.

Glion hatte bessere Tage gesehen. Von den Luxushotels, die Ende des 19. und Anfang des 20. Jahrhunderts für eine internationale, vor allem englische Elite erbaut worden waren, hatten fast alle geschlossen. Die edle Kundschaft, die sich für mehrere Wochen im Jahr hier auf einer Höhe von tausend Metern einrichtete, um reine Luft zu atmen, existierte nicht mehr. Nach dem Krieg hatte sie den Touristen Platz gemacht, aber die wollten nicht einfach nur in den Bergen sein, sondern ihre Freizeit hier verbringen und vor allem Sport treiben. Einige Häuser hatten versucht, sich darauf einzustellen, hatten Angebote für durchreisende Gäste geschaffen, doch den unvermeidlichen Niedergang hatten sie nicht stoppen können.

Ich betrat die Gartenanlage des *Grand National*, die wie auf einer Art Vorsprung über der Ebene und dem See thronte. Sofort entdeckte ich Mama: Ihre Silhouette zeichnete sich gegen den Himmel ab. Sie ging auf einem begrünten Weg am Hang. Bänke standen in zehn Metern Abstand und boten Ausblick auf das Panorama.

Sie war in einen riesigen Mantel gehüllt und ging mit kleinen Schritten, den Kopf nach vorn geneigt. Jedes Mal, wenn ihr Fuß den Boden berührte, streckte sich ihr Nacken, sodass es an die Mechanik eines kleinen, verunsicherten Vogels erinnerte, der sich plötzlich auf dem Boden wiederfand.

Ich ging um ein Wäldchen herum, um zu ihr zu gelangen. Meine Schuhe knirschten auf dem Kies.

Sie drehte sich um. Doch anstatt mir ein Zeichen zu geben und zu warten, bis ich sie eingeholt hatte, wandte sie mir brüsk den Rücken zu, setzte sich in Bewegung und ging immer schneller. »Das kann doch nicht wahr sein, jetzt will sie flüchten!«, schoss es mir durch den Kopf. Mit ein paar Laufschritten hatte ich sie rasch eingeholt. Ich fasste sie am Ellbogen.

»Mama!«

Das Wort hallte befremdlich in meinen Ohren. Aus dem Mund eines Kindes klingt es ganz richtig, aber weit weniger aus dem eines Mannes. Seit der Zeit meines Stimmbruchs hatte ich mich nie wirklich daran gewöhnen können.

»Was machst du denn?«

»Ach! Du bist das …«

»Wer soll es denn sonst sein?«

»Lass mich los.«

Ich hielt sie unerbittlich am Ellbogen fest.

»Was fällt dir ein? Du kannst doch nicht einfach abhauen, ohne jemandem Bescheid zu sagen. Alle machen sich Sorgen.«

»Sorgen? Wieso das denn! Und wer bitte sind ›alle‹?«

Sie versuchte sich loszumachen und zurückzuweichen. Ihre Nasenflügel bebten.

»*Ich* mache mir Sorgen, das Heim lässt dich suchen …«

»Was denn für ein Heim?«

»Mama!«

»Das ist kein Heim. Das ist sogar das genaue Gegenteil von einem Heim.«

Für einen Moment war ich einfach nur baff. Sie hielt das Revers ihres Mantels hoch wie ein Bollwerk.

»Du hast dir ein Zimmer genommen?«

»Ja.«

»Im *Grand National*?«

»Ja, natürlich. Oder wo sind wir hier? Im *Negresco*?«

Eine Krähe im Wipfel einer Tanne äußerte lautstark ihr Missfallen über unsere Gegenwart. Ich dirigierte Mama zur nächsten Bank. Sie setzte sich brav hin, mit zwanzig Zentimetern Abstand zu mir, und legte die offenen Hände auf den Knien ab. Ein Luftzug kam vom Schatten der Platane hinter uns.

»Siehst du das Dach des großen Chalets?«

»Welches?«

»Dort, rechts.«

»Ja, ich denke schon.«

»Dort hat der Doktor Moser gewohnt.«

»Doktor Moser?«

Das war der Arzt, der am Tag ihrer Geburt wegen des Schnees seine Haustür nicht aufgebracht hatte.

»Dein Finger! Hast du dich verletzt?«

»Nicht schlimm.«

»Und die Arbeit?«

»Läuft.«

»Trotzdem, ständig im Freien …«

»Ich bin gern draußen.«

»Hast du reiche Kunden?«

»Ja, überwiegend.«

Sie richtete den Blick auf mich. Ihre feuchten Augen in dem trockenen Gesicht drückten jedes Mal Überraschung aus, wenn sie etwas oder jemanden mit ein wenig Nachdruck fixierten.

»Das war das Haus von Doktor Moser, da unten.«

»Ja, ich weiß.«

»Jetzt wohnt ein schwedisches Ehepaar dort.«

Auf einem Weg etwas unterhalb ging eine Gruppe junger Mädchen in Schuluniform vorbei. Ihr Lachen und ein paar abgerissene Wortfetzen auf Englisch drangen zu uns herauf. Einige Hotels waren in internationale Schulen umgewandelt worden. Geschäftsleute und hohe Beamte brachten hier ihre Kinder unter.

Mama wandte den Kopf und reckte den Hals, um zu sehen, woher der kühle Zug in ihrem Nacken kam. Ihre gebogene Nase wurde immer krummer. Ihr weißes Haar war kurz geschnitten.

»Es wird allmählich frisch.«

»Gehen wir?«, fragte ich.

»Isst du mit mir zu Abend?«

Sie hatte immer schon an ihren Illusionen gehangen. Ich willigte ein.

»Einverstanden. Und dann fahre ich dich zurück.«

Sie stand auf und tat, als hätte sie mich nicht verstanden.

Wir speisten im Restaurant in der Rotunde: Samtvorhänge, bauschige, großen Pilzen gleichende Lampenschirme und allerlei floraler, arabesker Kram im Jugendstil. Sie schob das Essen mit ihrem Messer hin und her, ließ die Gemüse- und Kartoffelstückchen Routen und Umwege auf dem Teller beschreiben, bevor sie sie in den Mund beförderte. Ich beobachtete diese kühnen, auf geheimnisvolle Weise mit den Windungen ihres Geistes verknüpften Manöver.

Es schien, als sei sie in das natürliche Dekor ihres Lebens zurückgekehrt.

Seit Jahren hatte sie die Angewohnheit, stundenlang mit vollem Ernst über eher belanglose Dinge zu sprechen. »Der Speisesaal hat sich in all den Jahren sehr verändert. Es gibt mehr Nippes als zu meiner Zeit. Das liegt an dem neuen Direktor, Monsieur Scheidegger. Er ist Sammler. Aber jetzt wirkt es überfüllt.« »Die Seezunge ist wirklich exzellent. Man darf kein Mehl daran geben. Köche, die nicht wissen, wie man Fisch macht, wenden ihn in Mehl.« »Das ist Porto in der Soße, oder?« Die Speisen versetzten sie in Erregung. Eine Erbse, die durch eine Kreisbewegung ihrer Gabel unversehens vom Teller katapultiert wurde, durchquerte den halben Saal und kam erst an einer Glasvitrine zum Liegen. Ein Kellner sammelte sie diskret auf.

Ich ergab mich in mein Schicksal und hörte ihr zu. Ich kannte all die Geschichten aus ihrer Jugend: wie sie einmal die Bälle für Don Juan, den vom spanischen Thron gestürzten Prinz von Asturien, eingesammelt hatte, als er vor der Bäckerei Tennis spielte; wie sie als Kind mit einem Eimer Wasser bereitstand, um die von der Fahrt herauf qualmenden Motoren der Autos zu kühlen – es waren siebenhundert Höhenmeter vom Seeufer aus – und sich ein paar Groschen zu verdienen. Ich schaltete innerlich ab, lauerte auf einen unbestimmten Wechsel ihres Tonfalls oder eine Stille, um in passenden Momenten beizupflichten oder etwas zu brummeln. Wahrscheinlich saß ich da wie Buddha, gewohnt, gute Miene zum bösen Spiel zu machen, mit einem Gesichtsausdruck, den ich oft bei Papa gesehen hatte.

Meine Eltern hatten ihr ganzes Eheleben lang in demselben fünfstöckigen Mietshaus gewohnt. Es lag in einem Viertel mit lauter identischen fünfstöckigen Mietshäusern mit engen

Höfen und spärlichen, kurzgeschorenen Rasenflächen, auch alle identisch. Papa stand bei Tagesanbruch auf und kam erst spätabends von der Arbeit zurück. Im Haus wirkte er nutzlos, wie verloren in der Peripherie dessen, was für Mama wirklich zählte, ständig ein wenig abseits und ohne so recht zu wissen, was er anfangen sollte. Seine Wochenenden widmete er einem Verein, der sich um Wanderwege kümmerte. Bewaffnet mit Pinseln und Kübeln gelber Farbe, unternahm man gemeinsam lange Wanderungen und setzte die Wegmarkierungen instand, erneuerte die Farbe auf den Hinweistafeln und frischte die Markierungen an Baumstämmen oder größeren Felsen auf.

Als Kind begleitete ich ihn gelegentlich. Eines Sonntags gelangten wir an einen steilen Felsabhang. Sechs oder sieben Meter unterhalb befand sich ein mit kärglichem Buschwerk bewachsener Vorsprung über einem Abgrund, dessen Talsohle kaum zu erkennen war. »Wenn da ein Wanderer hinunterfällt und sich die Beine bricht, liegt er dort, ohne dass ihn irgendwer bemerkt«, erklärte mir Papa. »Er würde sterben da unten. Einfach verschwinden. Man würde nur noch sein Skelett finden.« Er verstummte. Nach einer kurzen Pause setzte er hinzu: »Die Vorstellung finde ich nicht übel.«

Als Mama den Fisch in Angriff nahm, spritzte es nach allen Seiten. Ich wechselte einen entschuldigend-einvernehmlichen Blick mit dem Kellner, der mit einem Teller und kleinen Löffel bewaffnet hinter ihr stand, bereit, sich sogleich auf die Brocken unterschiedlichster Größe zu stürzen, sobald ihre unberechenbare Flugbahn auf den Teppichen ein Ende fand. Mama saß leicht vorgebeugt an der vorderen Stuhlkante und wirkte unglaublich schmal. Das milde Licht des Speisesaals schien ihren Körper in seinem labilen Gleichgewicht zu stützen. Sie musste unter fünfzig Kilo wiegen.

Ich verspürte auf einmal eine große Müdigkeit, so eine, die nicht physischer Natur ist, sondern den ganzen Kopf einnimmt und schließlich das Empfinden lähmt. »Vorige Woche bin ich auf den Friedhof gegangen, um deinen Vater zu besuchen. Dann habe ich mich verlaufen auf den vielen kleinen Wegen. Ein Labyrinth ist das. Ich weiß nie genau, wo ich hinmuss. Ich habe ihn nicht gefunden.«

»Ah!«

»Es gibt herrliche Gräber. Aber so schlecht gepflegt. Ich habe eine paar Vasen in Ordnung gebracht und Unkraut ausgerissen. Das gehört sich doch! Dann bin ich wieder gegangen.«

»Nächstes Mal gehe ich mit dir.«

»Während des Kriegs bin ich jeden Morgen hier heraufefahren, um das Brot zu liefern. Das *Grand National* war ein guter Kunde.«

Der Kellner räumte den Tisch ab und nahm die leeren Teller mit. Er hatte fast ein Viertel der Seezunge in Form von Krümeln eingesammelt.

»Magst du noch etwas?«, fragte ich.

Mama verdrehte amüsiert die Augen.

»Nein!«

»Dann bezahle ich das Zimmer.«

»Ich lasse mir später noch einen Kräutertee nach oben bringen.«

»Nein, Mama. Ich habe gesagt, dass ich zur Rezeption gehe und das Zimmer bezahle, weil wir heute Abend zurückfahren.«

»Nein.«

»Was soll das heißen, ›nein‹?«

»Ich bleibe.«

»Mama! Das geht nicht!«

»Kommt nicht in Frage. Ich bleibe.«

Sie schrie fast. Ein paar Gäste wandten den Kopf in unsere Richtung. Ich lächelte verlegen einem Pärchen zu, das aus seinem intimen Gespräch aufgeschreckt worden war.

»Du kannst nicht bleiben«, murmelte ich, indem ich mich näher zu ihr beugte.

»Ich will nicht!«

Mama schob ihren Stuhl zurück. Er quietschte hässlich auf dem Parkett. Sie stand auf, stützte sich auf die Tischkante, und mit einem Gesicht, das, vermutlich vor Angst, wie versteinert war, schrie sie: »Ich will nicht. Hörst du? ICH WILL NICHT.«

Die Kellner unterbrachen schlagartig ihre Arbeit. Alle Augen im Saal waren auf uns gerichtet.

»Beruhige dich, Mama!«

»Wieso, WIESO sagt mir ständig irgendwer, was ich tun und lassen soll?«

Ihr Blick verschleierte sich. Ihre Züge verschwammen und verloren schließlich jede Fassung. Ich stand auf und ging um den Tisch herum, um sie zu beruhigen. Ich streckte ihr die Hand hin, doch sie stieß sie abrupt mit dem Unterarm zurück.

»Rühr mich nicht an! Ich bitte dich!«

Ein heiseres Röcheln, wie von einem sterbenden Tier, drang aus ihrer Kehle.

»Rühr mich nicht an, Emil!«

Sie hatte mich noch nie so genannt. Meine Vornamen, so wie sie in meinen Ausweispapieren stehen, lauten Carlo Ludovico Emil. Als Rufname hatte sich der erste etabliert, der außerdem der meines italienischen Großvaters ist.

Sie schwankte, und ich schaffte es gerade noch, sie zu halten.

»Du fällst und wirst dir wehtun.«

»Es geht schon.«

»Setz dich.«

»Ich hab doch gesagt, es geht schon.«

Sie gehorchte trotzdem. Sie war erschöpft. Ich ging zu meinem Stuhl zurück. Ich hielt ihr ein Taschentuch hin, und sie vergrub das Gesicht darin, während der Saal wieder zu atmen begann.

Mir kam Agons Heimat in den Sinn, ein bergiges Land, wo Generationen von Männern und Frauen durchgehalten haben, weil sie nicht an morgen dachten. Ich steckte die Hand in die Innentasche meiner Jacke und holte die beiden Kugeln heraus, die er mir geschenkt hatte. Ich legte sie diskret auf den Teller mit den Süßigkeiten und reichte ihr diesen so, dass sie nur eine von den Kugeln nehmen konnte.

»Das Geleebonbon da hat einen ganz besonderen Geschmack. Probier mal«, sagte sie.

»Nein, danke.«

»Solltest du wirklich, es ist sehr gut …«

»Ich hab keine Lust darauf, ehrlich.«

»Dann nehme ich das letzte.«

Sie kaute mit einem Ausdruck von Verwunderung und Strahlen, als würde mit jedem Mal, wo sie die Masse zwischen ihren Zähnen bewegte, eine verstörende, aber angenehme Substanz freigesetzt.

»Ich habe im Hotelpark eine Goldammer gesehen.«

»Eine Goldammer?«

»Wie ein Sperling, weißt du, aber so gelb wie ein Kanarienvogel.«

»Verstehe.«

»Er singt oft als einziger Vogel, während alle anderen schweigen.«

Sie schloss die Augen, als konsultiere sie in Gedanken eine unsichtbare Gesprächspartnerin, mit der sie offenbar eine sehr weit zurückgehende Beziehung pflegte.

»Emil, ich kann einfach meine Gedanken nicht festhalten.«

»Carlo.«

»Emil. Sie verflüchtigen sich zu rasch.«

»Carlo!«, insistierte ich.

Sie schaute mich geistesabwesend an.

»Mama, warum nennst du mich Emil?«

»Um diese Jahreszeit steigen sie in große Höhen auf, um dem Dunst in der Ebene und der Feuchtigkeit des Sees zu entkommen.«

Es ging schon seit Jahren so, dass ihr Geist eigenwillig allerlei Gebilde hervorbrachte, die zwar reizvoll, jedoch sehr frei und ohne jeden Bezug zur unmittelbaren Wirklichkeit waren.

Unter dem Einfluss von Agons Hanfmedizin zog sie sich ganz in sich zurück und schien dort bleiben zu wollen. Hin und wieder stieß sie einen kleinen Seufzer aus. Ihre großen grünen Augen verschleierten sich. Was sich an der Peripherie ihres Körpers befand, hatte allmählich keine Bedeutung mehr.

Ich ging davon aus, dass ich sie in diesem Zustand für einen Moment allein lassen konnte. Ich verließ den Tisch, durchquerte zwei Salons und ging zur Rezeption, die sich am Ende eines spärlich beleuchteten Flurs befand. Rechts und links standen Skulpturen auf imposanten Sockeln und hingen schwere Gemälde an den Wänden wie in einem Museumsflur. Ein kleiner kahlköpfiger Mann war hinter der eindrucksvollen Empfangstheke beschäftigt, schrieb Namen in das große Buch mit den Reservierungen, nahm einen Schlüssel aus dem Wandfach, blätterte in einem Papierstoß. Bei jeder Ortsveränderung stieg er von einer verborgenen Stufe herunter oder wieder hinauf, die sich mittig hinter seiner Mahagonitheke befand und ihm trotz seiner bescheidenen Größe ermöglichte, seinen Gesprächspartnern auf Augenhöhe zu begegnen.

»Guten Tag, Monsieur Weiss. Ist alles zu Ihrer Zufriedenheit?«

»Guten Tag.«

»Scheidegger, Hoteldirektor. Was kann ich für Sie tun?«

»Sie wissen, wer ich bin?«

»Sie sind doch der Sohn von Madame Weiss, oder nicht?«

»Ja.«

»Ah, Madame Weiss!«

Scheidegger beherrschte die Kunst, beim Sprechen zu lachen.

»Sie bereitet Ihnen doch keine Probleme? Ich meine …«

»Probleme, um Himmels willen! Nein, weshalb sollte sie uns Probleme bereiten? Wir mögen Madame Weiss sehr! Wissen Sie, dass mein Vater sie noch kannte?«

»Jaja, ich weiß schon, sie lieferte das Brot aus.«

»Das Gebäck, die Milchbrötchen. Ah, die Milchbrötchen! Ein sehr hübsches Mädchen offenbar. Mein Vater hat sie sehr geschätzt. Übrigens …«

»Schon gut, schon gut«, unterbrach ich ihn.

Der Mund des Direktors verbreiterte sich auf einmal,

sodass seine Zähne und ein guter Teil des Zahnfleischs zu sehen waren.

Der Zimmerpreis war kein bisschen überzogen, und das Haus war gewillt, einen deutlichen Rabatt einzuräumen, sollte sich der Aufenthalt von Madame in die Länge ziehen. Schließlich war sie doch irgendwie fast »eine Freundin der Familie«? Ich rechnete das Ganze schnell im Kopf hoch und fragte mich, wieso eigentlich noch niemand darauf gekommen war, seine alte Mutter in einem im Niedergang begriffenen Grandhotel unterzubringen anstatt in einem Altersheim mit exorbitanten monatlichen Kosten. Scheidegger betonte obendrein, dass seine sehr ergebenen Angestellten durchaus gewohnt waren, sich um ältere Herrschaften zu kümmern. Diese würden in Zukunft einen nicht zu verachtenden Anteil der Kundschaft stellen. Eine Krankenschwester eines häuslichen Pflegedienstes kam mehrmals pro Woche ins Dorf herauf und schaute auch regelmäßig im Hotel vorbei.

»Sie kann bei Bedarf auch spezielle Pflegeleistungen anbieten«, erklärte Scheidegger, »aber Madame Weiss ist ja bestens in Form.«

»Sie hat immer mal wieder Aussetzer.«

»Wer hat die nicht! Wer hat die nicht! Ich bitte Sie!«

»Und manchmal Schwindelanfälle.«

»Wer hat die nicht! Wer hat die nicht!«

Er stieg von seinem Podest herunter, um die Formulare zum Unterschreiben zu holen. Dann wuchs er wieder um zwanzig Zentimeter und legte sie mir vor.

Als ich in den Speisesaal der Rotunde zurückkam, döste Mama auf ihrem Platz, gestützt von der hohen Lehne des Stuhls. Ihr Kopf war auf die rechte Schulter gesunken. Niemand im Saal nahm irgendeine Notiz von ihr. Ich gab dem Oberkellner diskret ein Zeichen, der – vielleicht weil er mit dieser Art Situationen vertraut war – sogleich verschwand, um einen Kollegen vom Zimmerservice zu holen.

Ich beugte mich zu Mama herunter. So behutsam wie möglich zog ich sie an mich, wiegte sie ein klein wenig nach hinten, fasste sie mit beiden Armen unter und hob sie hoch. Sie war nicht schwerer als ein großer Sack Komposterde oder Dünger.

Ein junger Mann ging mir voran. Er holte den Aufzug, ging vor mir hinein und drückte den Knopf der dritten Etage, alles mit sehr professionellen Gesten. Das Personal solcher Luxushotels beherrscht die Kunst, sich über nichts zu wundern.

»Ihre Frau Mama schläft wie ein Baby.«

»Ja.«

»Man könnte meinen, sie träumt etwas Schönes.«

»Stimmt.«

»Um lange zu leben und gesund zu bleiben, muss man fröhlich träumen können.«

»Ja.«

Ich befürchtete, dass sie womöglich aufwachen könnte, was schließlich auch der Hotelangestellte verstand, und so schwieg er. Im gleichmäßigen Licht des Aufzugs, der langsam und ohne jede Stockung nach oben glitt, fanden Mamas Gesichtszüge ihre Weichheit wieder. Unter ihrer schimmernden, wie mit Öl eingepinselten Haut waren kaum noch ihre Gesichtsknochen zu erkennen. Agons Rezept besaß sichtlich schlaffördernde Wirkung, wenn man die Dosis erhöhte. Und es bescherte einen Schlaf von überlegener Qualität.

Der junge Mann schlug die Bettdecke zurück, und ich legte

Mama sanft ab. Aber mit über dem Bauch verschränkten Händen erinnerte sie allzu sehr an eine liegende Grabfigur. Ich fasste ihre Handgelenke und legte ihre Arme neben dem Körper ab. Sie atmete ganz regelmäßig.

»So wird sie frieren.«

»Ich kümmere mich gleich darum, Monsieur. Im Schrank ist eine Decke.«

»Ihre Sachen bringe ich morgen herauf.«

Das Zimmer sah noch fast unberührt aus. Die Schokolade für die neu angereisten Gäste mit einem kleinen Willkommensgruß lag noch unangetastet auf dem Tischchen. Das Zimmer roch nach Möbelpolitur und Karamell. Eine flache Holzschachtel auf dem Tisch machte mich neugierig. Auch eine Schulmappe lag da. Ich schaute hinein. Darin lagen große Bögen aus dickem Papier. Sie zeigten Aquarelle von Sperlingen, auf Zweigen sitzend, präzise gezeichnet, ohne verzierendes Dekor, fast wie Bildtafeln in einem Lehrbuch, doch die Vögel hatten etwas Fließendes, weil Mama die Farben ein wenig zu sehr verdünnte.

»Ihre Mutter zeichnet sehr gut. Sie hat mehrere Stunden im Park gesessen und damit zugebracht«, erzählte der junge Mann vom Zimmerservice.

»Das wusste ich nicht.«

»Vorsicht, Monsieur!«

»Was?«

»Sie verschmutzen die Zeichnungen mit Ihrem Finger!«

Die Wunde hatte sich durch die Anstrengung wieder geöffnet, und frisches Blut drang durch den Verband.

»Das ist nichts«, sagte ich.

Der Fleck wurde immer größer.

»Wir haben alles Nötige in der Küche. Wissen Sie, mit den ganzen Messern und Hackebeilen … da gibt es schon manchmal einen Unfall.«

Ein Tropfen landete auf dem dicken Teppich. Ich umschlang meinen Finger mit der anderen Hand. Sie wurde sofort klebrig.

»Ich folge Ihnen.«

In der Ausstellungshalle angelangt, die ich nach meinem verspäteten Eintreffen mit dem Taxi, einer Erkundigung nach dem Weg bei ein paar Rauchern auf der Außentreppe, dem Gang durch eine Abfolge von Korridoren, dabei immer dem von fern hörbaren Stimmengewirr folgend, schließlich erreichte, nahm ich kaum die bizarren Installationen wahr, sondern blieb gebannt von Anas Anblick auf der Schwelle stehen: Ich hatte sie auf den ersten Blick im Gewimmel der Schüler und Eltern ausgemacht, wie sie zur Wand gedreht stand, in die Betrachtung einer großen Leinwand mit ausgreifenden schwarzen Pinselstrichen auf weißem Untergrund vertieft.

Sie trug für den Anlass ein dunkles, tief ausgeschnittenes, absolut umwerfendes Kleid. Eng anliegend zeichnete es die Konturen ihres Rückens nach, leicht gekrümmt von den Jahren, die sie gebückt über Patientenbetten verbracht hatte, und mit dieser markanten, charakteristischen Vertiefung zwischen den Schulterblättern, schmiegte sich um ihre großen, etwas flachen Pobacken, die natürliche Verlängerung ihrer langen Beine und muskulösen Schenkel. Diese Kleinigkeiten berührten mich, umso mehr, wenn sie in Bewegung waren. Ohne sich umzudrehen, ging Ana von einer Installation zur nächsten, wobei sich das Dreieck zwischen ihren Schultern öffnete und schloss.

Sie kann keine kleinen Schritte machen. Ana erweckte immer den Eindruck, genau zu wissen, wo sie hinwollte. Egal ob in einem Dorf, wo wir als Touristen durch die Gassen schlenderten und Einkäufe machten, oder draußen auf dem Land bei einem der Spaziergänge, die sie sich der Gesundheit zuliebe auferlegte, oder um Mina Gelegenheit zu geben, sich auszutoben – immer ging Ana voraus, während ich, nicht ganz so entschlossen, zurückfiel und mit ziemlicher Sicherheit in der Gegend umherschaute, bis der Abstand schließlich so groß geworden war, dass ich mich beeilen oder gar laufen musste, um sie wieder einzuholen.

Ein paar Bilder von ihrem Riesinnen-Gang zogen blitzschnell und ungeordnet vor meinem inneren Auge vorbei. Wenn wir uns verabredet hatten, war immer sie es, die mich zuerst von weitem erspähte und mir dann mit ausgreifenden Schritten entgegenkam, so eilig und entschlossen, als müsse sie eine Anzahl von Schlangen auf dem Boden zertreten, um zu mir zu gelangen.

»Papa!«

Ich drehte mich um. Es war Mina. Genau genommen war sie nicht mehr die, die ich kannte. Ich war verunsichert, fast scheu, als stünde ich vor einer Fremden. Sie hatte ihre Kinderstimme verloren, und der Klang dieser zwei so vertrauten Silben, die ich in allen Tonlagen kannte, seit sie zu sprechen angefangen hatte, drückte in Wirklichkeit nicht mehr den Wunsch aus, ein Bedürfnis nach Liebe befriedigt zu bekommen.

Ein junger Mann mit buschigen, wirren Haaren, die sein halbes Gesicht verdeckten, stand neben ihr. Dieser üppige Haarwuchs auf seinem Schädel, Ausdruck von Vitalität und Jugend, bescherte ihm mindestens zehn zusätzliche Zentimeter an Größe und trug bestimmt dazu bei, sein Selbstvertrauen zu stärken.

»Ich freue mich so, dass ihr gekommen seid!«, rief sie aus.

Um diese Zeit im Jahr hatte ich infolge der ferienbedingten Völkerwanderung eine Flaute in der Arbeit, konnte mich jedoch beherrschen, ihr dies auf die Nase zu binden. Sie hatte sich den Rand der Lider und die Wimpern geschwärzt, und ihre pechschwarzen Augen wirkten seltsam überproportioniert in ihrem Gesicht.

Während wir uns umarmten, murmelte ich, vermutlich zu dicht an ihrem Ohr: »Zu deiner ersten Vernissage …«

Sie wich abrupt zurück.

»Darf ich dir Saad vorstellen, Saad Archer. Er ist in Pakistan geboren.«

»Freut mich sehr.«

»Komm mit!«

Sie packte mich energisch am Arm, und ich folgte in ihrem Luftzug, eingehüllt in einen sehr speziellen englischen Duft. Vor ihrem Kunstwerk blieben wir stehen, ihrem Beitrag zur Sammelausstellung dieses Schuljahres: ein Tischkicker, ähnlich dem, der vor der Renovierung des *Penalty* jahrelang der Jugend des Viertels Vergnügen bereitet hatte, allerdings rosarot lackiert. Sie hatte sämtliche Spieler – Stürmer, Mittelfeldspieler, Verteidiger und Torhüter – durch Barbiepuppen ersetzt; diese hingen in Reih und Glied über einem grellbunt gescheckten und vergoldeten Spielfeld, das an den Stil griechischer Ikonen erinnerte. Besonders nachdenklich stimmten mich die acht roten Dildos, die anstellte von Griffen am äußersten Rand der Stangen platziert waren. Und ich verstand auch nicht, womit der Torzähler, anstelle von Kugeln, ausgestattet war.

»Das sind Viagra-Pillen.«

»Interessant«, murmelte ich.

Mina klebte an ihrem pakistanischen Samson und erwartete keinerlei Stellungnahme von mir. Ich war sofort erleichtert, weil ich sowieso keinen klaren Gedanken hätte fassen können.

Ana hatte ich aus den Augen verloren, bis sie auf einmal neben uns auftauchte. Ich nickte ihr zu. Sie erwiderte die Geste mit einer hübschen, aber schwer zu deutenden Grimasse. Ihre Gesichtszüge wirkten angestrengt, wie nach einer Nachtschicht. Vielleicht war Anas Leben nur noch eine Abfolge von Tagen voller Müdigkeit?

»Mama, hast du dir Saads Installation angesehen?«, fragte Mina.

»Ja.«

»Und?«

»Interessant«, erwiderte sie.

Offenbar erwartete Mina von ihrer Mutter genauso wenig eine Stellungnahme wie von ihrem Vater.

»Ich überlasse euch dann mal euch selbst. Wir sehen uns später!«

Gefolgt von dem jungen Mann, ging sie zu einer Gruppe von Leuten am anderen Ende des Saals, in denen ich die Künstler-Lehrer der Schule erkannte.

»Wie ist dein Hotel?«, fragte Ana.

»Ganz passabel, glaube ich.«

Sie hatte sich um die Reservierung gekümmert.

»Bist du im selben?«

»Nein, aber nicht weit davon entfernt. In der Parallelstraße.«

»Dieser Saad, ist das ihr Freund?«

»Ja. Seit neuestem.«

Wir betrachteten einen Moment lang schweigend den Tischkicker.

»Mina hat es mir erklärt. Sie stellt den Objekten eine Falle. Also, so in etwa habe ich es verstanden. Zusammenstellungen, Verfremdungen. Für sie sind es Reliquien. Reliquien unserer Gesellschaft. Glaube ich.«

»Ich finde es ein bisschen traurig.«

»Es soll uns zum Nachdenken darüber bringen, wie wir mit den Dingen umgehen.«

Mina war ein mustergültiges Kind gewesen. Nie hatte sie uns auch nur die geringsten Sorgen bereitet, sie war brav und fleißig, chronisch gewissenhaft, jedoch ohne überbordende Begeisterung, hatte eher Angst bei der Vorstellung, Grenzen zu überschreiten und aufzufallen, war aufmerksam gegenüber anderen und dem, was um sie herum geschah. Sie konnte stundenlang hochkonzentriert über ihren Bilderbüchern sitzen, immer denselben, und ein andermal genauso gebannt mit einem komischen Blick Personen oder Gegenstände in ihrer Umgebung anschauen. Einmal verloren wir sie bei einem Besuch im städtischen Aquarium aus den Augen. Wir suchten sie panisch, alarmierten die Öffentlichkeit, in der Hoffnung, sie irgendwo auf dem Gelände, versteckt in der Menschenmenge, zu entdecken. Sie war gleich beim ersten Becken stehen geblieben, nicht weit vom Eingang, die Nase an der Scheibe plattgedrückt, versunken in die Betrachtung eines reglos im Wasser stehenden Hechts, sie selbst genauso reglos wie der Fisch. »Ich warte darauf, dass er sich bewegt«, hatte sie gesagt.

Wie alle Babys hatte Mina große runde Augen gehabt. Mit den Jahren waren ihre Gesichtszüge hervorgetreten und ihre Augen mandelförmig geworden. Ab einem Alter von etwa zwölf Jahren sah sie auf den Fotos mit ihren stets halb geschlossen Augen aus wie eine italienische Renaissance-Madonna, entrückt und traurig. Sie betrachtete die Welt nur noch mit halber Aufmerksamkeit, so als hätten ganz konkrete und sehr physische Sorgen dazu geführt, dass ihr alles, was nicht sie selbst war, ein wenig abstrakt vorkam.

Dieses Mädchen hatte eines Morgens beschlossen, sein Meerschweinchen freizulassen. Ein Nachbar hatte an unsere Tür geklopft. Ich barg es unweit des Stellplatzes für die Mülltonnen, weil wir den Verdacht hatten, dass sie es wie Abfall entsorgt haben könnte. Wir rieben das Tierchen, an dem der Müllgestank haftete, mit flüssiger Seife ein, duschten es in der Badewanne mit warmem Wasser ab, während es versuchte, die glatten Wände hinauf zu entkommen. Wir rieben es trocken, spülten es wieder ab und wickelten es in ein Tuch, k. o., aber lebend. Mina lasen wir die Leviten, denn sie hatte ihre Tat mit der Bemerkung abgetan: »Ich will es nicht mehr. Es nervt mich.«

Die Sache mit dem Meerschweinchen hatte uns maßlos traurig gemacht.

Mina war rasch herangewachsen, aber sie hatte nie ihre Fähigkeit verloren, den gegenwärtigen Augenblick zu erleben, wie es kleinen Kindern eigen ist. Was mit zehn noch rührend wirken mag, ist mit achtzehn höchst irritierend, und ich kann mich nicht erinnern, in ihrem Alter derart gelassen gewesen zu sein. Sie war sich ihrer Zukunft absolut gewiss, hegte nicht den geringsten Zweifel daran, dass ein ihr angemessener Platz in der Gesellschaft schon seit jeher für sie reserviert war.

In den folgenden Wochen und Monaten trennte sie sich von altem Krimskrams, der sich in ihren Regalen angesammelt hatte, absurden Geschenken oder Urlaubsmitbringseln, Schneekugeln und Püppchen in traditioneller süditalienischer Tracht, und schließlich trennte sie sich auch noch von den Regalen. Danach folgten die Möbel, bis ihr Zimmer nur noch die Matratze beinhaltete, auf der sie schlief.

Ana war in Tränen ausgebrochen, als wir eines Tages das fast leere Zimmer betraten. Mina hatte sich ihres Schranks entledigt, ihre Kleider lagen auf einem Haufen in einer Ecke. Die Wände waren nackt. Man sah nur noch die hellen Flecken an den Stellen, wo früher ihre großen Poster gehangen hatten, und die hellen Streifen, wo einmal Wandbretter gewesen waren.

Wir standen eine ganze Weile vor dem Fußballkicker. Vielleicht dachte Ana in diesem Augenblick daran, dass nach Minas Auszug diese Distanz zwischen uns beiden eingezogen war?

»Und welches Kunstwerk ist von ihrem Freund?«

»Da drüben. Der große Salzkegel. Es gibt zwei Ventilatoren, sodass er entgegengesetzten Winden ausgesetzt ist.«

»Ah ja, entgegengesetzte Winde.«

»Darum fällt er auch permanent ein wenig zusammen, er nimmt eine andere Form an. Er verändert sich, um zu etwas anderem zu werden, verstehst du? So hat Saad es mir erklärt.«

Fünfzig Zentimeter trennten mich von Ana, und ich kam mir vor, als wäre ich in ihrer ganz konkreten Aura gefangen, als würde ihre physische Gegenwart über die strikten Umrisse ihrer Person hinausreichen. Fünfzig Zentimeter, und ich kostete es aus, ihr so nahe zu sein, in der Atmosphäre ihres Körpers zu existieren.

»Weißt du, was englische Gärtner ein ›Ha-ha‹ nennen?«

»Ha-ha wie in ›ha ha!‹?«

»Genau. Das ist ein unsichtbarer Graben an der Grenze eines Parkgeländes. So hat man den Eindruck, als ob der Park in die Natur ringsum übergeht. Weil es ja offenbar keinen Zaun gibt. Besucher, die das nicht wissen und wie Hans Guckindieluft herumspazieren und den weiten Ausblick bewundern, stoßen erst auf den Graben, wenn sie unmittelbar davor stehen, und rufen dann Ha! Ha! Oder sie fallen hinein, und dann rufen sie garantiert auch Ha! Ha!«

»Wir sind auch ein bisschen so, oder?«

»Ja.«

Ana warf von Zeit zu Zeit einen Blick in Minas Richtung und war beunruhigt, wenn sie sie nicht sogleich entdeckte, weil Mina von einem Grüppchen zum nächsten gewandert war. Ich kannte diese fiebrige Anspannung an ihr sehr gut. Genau so war sie, wenn sie meinte, ihre Brieftasche verloren zu haben, und auf der Suche danach die ganze Wohnung umdrehte. Oder in den Augenblicken, wo sie versuchte, eine fremde Sprache zu verstehen. Ihr Mund hatte dann etwas Schlaffes, im Gegensatz zu ihrem restlichen Gesicht, das glatt und straff war.

Ich wusste, was Ana durch den Kopf ging, während sie Mina mit den Augen folgte: Mina, die sich mit erstaunlicher Sicherheit in diesem für sie neuen Milieu bewegte, mit den Lehrern redete und vollkommen natürlich mit allen und jedem verkehrte. Mina brauchte uns fast nicht mehr – auch wenn wir noch ihr Schulgeld und ihr Zimmer in London bezahlten –, wir waren als Eltern von nun an lästig, genau wie all die Gegenstände, die sie als Reliquien bezeichnete. Und die ganze Zeit über hätte ich so gerne Ana umarmt.

Mina entließ uns mit zwei schmatzenden Küsschen und einem »Wir sehen uns morgen!«, dann zog sie mit ihrer Clique davon, um in einer Kneipe in Brixton das Schuljahresende und den Erfolg der Ausstellung zu begießen.

Ich fand mich mit Ana auf den regennassen Straßen wieder, unter einem Himmel, der zwischen den erleuchteten Hochhäusern eingezwängt war. Das breite, schwarze, eigenartig tief wirkende Band über uns war sternenlos. Geblendet von den Lichtern ihrer Stadt, mussten die Londoner auf die Sternbilder verzichten. Ich erhoffte mir ein Tête-à-Tête auf neutralem Boden und schlug Ana ein Abendessen in einem indischen Restaurant vor. Sie willigte mit müder Stimme ein, und wir betraten das erstbeste, auf das wir stießen.

Wir saßen an einem winzigen Tisch, auf dem der Ober die Teller wie ein kompliziertes Puzzle arrangierte: Er allein schien den korrekten Platz für jeden Bestanteil des Menüs zu kennen. Meine Aufmerksamkeit wurde unwillkürlich von einem erhöht an der Wand gegenüber angebrachten Fernseher gefesselt. Daraus ergoss sich eine penetrante Musik in den Raum, vergleichbar einem sich stetig von einer Spule abwickelnden Faden. Tänzer und Tänzerinnen in weiten orange- oder gelbfarbenen Kleidern und Tuniken bewegten sich dazu in absoluter Synchronität inmitten grüner Wiesen, eingebettet in eine bergige Landschaft mit Hütten, Holzgattern und Kühen in der Ferne.

»Schau mal, das ist lustig. Man könnte meinen, das hätten sie bei uns zu Hause gefilmt.«

Ana wandte sich auf ihrem Stuhl um und reckte den Hals, um einen Blick hinter sich zu werfen.

»Ja. Sieht wirklich so aus.«

»Im Pays-d'Enhaut vielleicht. Oder in der Deutschschweiz?«

Ihr Haar schien im Verlauf des Abends an Fülle gewonnen zu haben, sicherlich wegen der hohen Luftfeuchtigkeit in dem kleinen Restaurant. Das Band, das die Haare zurückhalten sollte, verrutschte immer mehr, sodass sie zur Seite glitten und ihre gespannten Halsmuskeln zu sehen waren, einer dieser zarten Körperteile an ihr, der meist schützend von einem Schal oder Tuch verdeckt war.

»Sieht aus wie die Voralpen.«

»Ja, drollig.«

»Ist dein Finger verheilt?«

Ich zeigte ihr das großflächige Pflaster, mit dem die Wunde immer noch geschützt war. Die Ränder des Schnitts näherten sich immer mehr an, und die Narbe verlor an Tiefe.

»Fast.«

»Und deine Mutter?«

»Sie ist immer noch im *Grand National.*«

Ana konnte noch immer nicht fassen, dass sie in einem Luxushotel wohnte. Mit leicht geöffneten Lippen und kugelrunden Augen beugte sie sich zu mir herüber, soweit die Ansammlung von Geschirr zwischen uns es erlaubte.

»Gibt es eine Bar in dem Hotel? Mehrere Restaurants?«

»Zwei.«

»Und Etagenkellner? Einen Zimmerservice?«

»Ja, alles.«

»Bestimmt trifft sie lauter interessante Leute.«

»Vielleicht. Ich weiß nicht …«

»Und es ist nicht zu teuer?«

»Nein. Ganz korrekt. Wobei sie dort sicherlich nicht bis ans Ende ihrer Tage wird bleiben können.«

»Aber warum ausgerechnet das *Grand National*? Das ist doch komisch.«

»Sie hat dort als junges Mädchen das Brot ausgeliefert.«

»Aber es gab ja auch noch das *Continental*, das *Victoria* …«

»Das *Righi vaudois*«, fügte ich hinzu.

»Sie hat die ganzen Grandhotels der Gegend beliefert?«

»Ja, genau.«

»Schon komisch. Dass sie ausgerechnet dorthin zurückwill, nach so vielen Jahren.«

»Die Hotels haben alle zugemacht. Es gibt nur noch das *Grand National.*«

»Ich muss mal mit dir hinfahren und sie besuchen.«

»Wenn du willst.«

»Weißt du was?«

»Nein. Was denn?«

»Sie ist da nicht aus purem Zufall.«

»Ich weiß nicht. Ich glaube nicht.«

»Doch, doch. Da steckt etwas dahinter. Ein Geheimnis.«

Ana schaute versonnen in die Ferne und seufzte. Ich wollte den Arm ausstrecken, um ihre Hand zu ergreifen, aber ich stieß gegen eine Schüssel, die tönte. Sie fixierte mich eine Weile, als versuche sie, meine Gedanken zu lesen, und ich genoss es, derjenige zu sein, der sie in diesem Moment in die Realität zurückbrachte.

»Wollen wir zahlen?«

Wir traten in den warmen Nieselregen hinaus. Sie lehnte sich an mich, um unter meinem Regenschirm mitzugehen. »Ich bin dermaßen kaputt«, seufzte sie. Ich spürte ihren warmen Körper unter der Kleidung, roch den vertrauten Duft ihres Parfüms, aber auch die Gerüche des Restaurants in ihrem Haar: Kardamom, Koriander und Zimt.

Nichts beschwerte uns in dieser uns unbekannten Stadt. Wir waren auf fremdem Terrain, an Orten, die uns zu nichts verpflichteten: eine Situation voller Verheißungen. Wir gingen breite Straßen entlang, gesäumt von alten Wohnhäusern, die in sicherem Abstand hinter schmiedeeisernen Gittern und kleinen Gärtchen lagen. Dann folgten Häuser mit dunklen Glasfronten, die unter dem Schleier der Straßenbeleuchtung die Dunkelheit zurückwarfen.

Vor dem Hotel ließ sie meinen Arm los. Für einen Augenblick stand sie bewegungslos im Nieselregen, gefangen im schrägen Schein einer Lichtreklame. Ihre Züge wirkten hart. Sie war fast eine Unbekannte. Dann ging sie einen Schritt weiter, und ihr Körper nahm im Halbdunkel wieder eine vertraute Stofflichkeit an.

Zwischen meinem Bett und der Zimmerwand war nur ein Meter Platz, und auf der Seite des Schranks und des Badezimmers kaum mehr. Nachdem sie ihren feuchten Mantel abgelegt hatte, stöberte sie in der Minibar zwischen dem Stuhl und dem winzigen Tischchen aus Kunstharz. Der glatte, glänzende Stoff ihres schwarzen Abendkleids spannte sich über ihren Hüften und Pobacken. Ich sah ihr zu, wie sie in der Minibar herumsuchte.

»Es gibt Brandy, Cognac, Cointreau. Und Weißwein.«

Auf der Bettkante sitzend tranken wir den Alkohol, direkt aus den Flaschen, die nicht größer waren als Proben.

Sie fuhr mir unsagbar zärtlich mit der Hand durchs Haar. Ich beugte mich zu ihr, um sie zu küssen. Einem plötzlichen Entschluss folgend stand sie auf, offenbar froh, sich ihrer Kleidung entledigen zu können. In dem winzigen Raum zwischen Bett und Wand schlängelte sie sich aus dem Abendkleid und ließ es auf die Knöchel hinunterrutschen. Ich half ihr, einen Fuß zu heben, dann den anderen.

Wir liebten uns. Nach so vielen Jahren waren wir auf eine wunderbare Weise frei von Scham.

Als sie sich aufsetzte, um ihr Haar ein wenig in Ordnung zu bringen, bemerkte ich die rötlichen Härchen in ihren Achselhöhlen und eine kleine, leicht gerötete Narbe auf einer Seite ihrer Brust, die sich offenbar bei unserem Liebesspiel geöffnet hatte. Überrascht stellte ich fest, dass ich das kleine Schönheitsmal nicht fand, das ich kannte.

»Es ist nicht mehr da«, murmelte Ana.

Ich schaute genauer hin.

»Sieht aus wie ein Insektenstich.«

Sie drehte sich um, damit ich ihren Rücken sehen konnte. Er war mit lauter winzigen Narben gesprenkelt.

Ihre Haut glänzte von Schweiß. Sie war sowieso schon sehr weiß, aber im Neonlicht wirkte sie noch weißer als im vollen Sonnenlicht, noch strahlender und noch duftender, mit einem moschusartigen Hauch von Unterholz und festgetretenem feuchtem Laub.

»Ich habe sie wegmachen lassen.«

Ich streichelte ihre Schultern, ihren Bauch. Sie hatte eine neue Hülle.

Kleine Dellen und Erhebungen zeichneten sich auf der Rückseite ihrer Schenkel und auf ihren Pobacken ab, als sie aufstand. Sie verschwanden sofort wieder, als sie sich bückte, um ihre Kleider aufzuheben. Das harsche Licht enthüllte die etwas dunkleren Partien ihres Körpers.

Sie brauchte drei Anläufe, bis sie ihr Bein in das zu enge Kleid eingefädelt hatte, und verzog, ärgerlich über ihre Ungeschicklichkeit, das Gesicht. Eine Welle von Zärtlichkeit stieg mir in den Kopf wie eine kräftige Dosis Alkohol.

»Ich gehe dann mal«, sagte sie.

»Wohin?«

»In mein Hotel.«

»Du meinst, es ist noch jemand an der Rezeption?«

»Was hast du?«

»Nichts.«

»Wirklich? Ist alles okay?«

»Jaja.«

»Okay. Weil …«

»Um diese Uhrzeit könntest du auch bleiben.«

Sie richtete den Blick auf die gelöschte Lampe, die bräunlichen Wände, dann auf mich.

Die wellige Tapete, die dicke, fusselige Tagesdecke, die auf dem Boden lag, wie ein toter Hund, Wahlheimat für wer weiß was für Parasiten, der Nachttisch mit der Glühbirne unter einem bunten, gefältelten Lampenschirm, der an eine widerliche giftige Pflanze erinnerte, die winzige getönte Fensterscheibe, die das Zimmer in verzerrter Form zurückwarf: alles hier war hoffnungslos schmierig, und ich hatte das Gefühl, am falschen Ort zu sein.

»Nein. Wirklich.«

»Ist dein Zimmer weniger scheußlich als das hier?«

»Kaum.«

»Sehen wir uns morgen am Flughafen?«, fragte ich.

»Ich fliege erst übermorgen.«

»Das heißt …«

»Ich ruf dich an.«

Sie beugte sich zu mir, um mir einen Kuss auf die Stirn zu drücken, und ein Luftschwall, angereichert mit ihrem balsamischen Schweiß drang in meine Nasenlöcher. Dann ging sie. Ich stand auf, um das Fenster zu öffnen, aber es war nicht möglich.

Ich sah ihr durch die Scheibe nach, während sie sich entfernte. Es regnete nicht mehr. Mit gebeugtem Kopf, um nicht in eine Pfütze zu treten, und ein wenig gekrümmten Schultern ging sie und schien es nicht eilig zu haben, hier wegzukommen. Vielleicht trug sie an der Last unserer Liebe?

Meine Sehnsucht schmerzte. Es fühlte sich an wie Heimweh. Die Arme dieser Frau waren mein eigentliches Zuhause, und ich wusste, dass ich mich überall sonst immer nur fremd fühlen würde.

Ich wünschte mir eine Auflösung: »Wenn sie sich noch einmal umdreht, bevor sie aus meinem Blickfeld verschwindet, dann kehrt sie wieder zu mir zurück; wenn nicht, verschwindet sie für immer aus meinem Leben.«

Trotz der Entfernung konnte ich ihr Profil ausmachen, die Krümmung ihrer Nase, die schön gewölbte Stirn, und ich fragte mich, wie diese wenigen, so feinen, so fernen Details in meinem tiefsten Inneren eine körperliche Anspannung erzeugen konnten.

An der nächsten Straßenecke kehrte sie mir den Rücken und bog in Richtung ihres Hotels ab.

Ich entdeckte Mama in der Salon-Bar der Empfangshalle. Sie saß vor einem der großen Fenster, ihre Silhouette gebadet im Gegenlicht. Sie war nicht allein. Ich ging zügig an dem Kellner vorbei, der hinter seinem Tresen Gläser polierte und mir diskret und in stillem Einvernehmen zunickte. Von jetzt an gehörte ich zu den Stammgästen.

Ein äußerst betagter Herr saß ihr gegenüber. Mein Erscheinen unterbrach nicht etwa eine Unterhaltung: Abgekapselt in ihren Gedanken, führten die beiden, über zwei Cinzanos hinweg, die zwischen ihnen auf dem Couchtischchen standen, einen stummen Dialog. Der Herr musste in etwa Mamas Alter haben. Er erhob sich beflissen, um mich zu begrüßen.

»Carlo Weiss, nehme ich an.«

»Richtig.«

»Ich bin ein sehr alter Freund Ihrer Frau Mama.«

Ich beugte mich zu Mama hinunter, um ihr ein Küsschen auf die Wange zu drücken. Sie geriet momentan aus dem Gleichgewicht und schwankte ein wenig auf der Kante ihres Sitzes, dann fand sie ihre Stabilität wieder.

»Darf ich dir Paul vorstellen«, sagte sie.

Er legte offenbar Wert darauf, die Begegnung offizieller zu halten.

»Paul Favre. Ich war fast vierzig Jahre lang der Lehrer hier im Dorf.«

Ich setzte mich zum Aperitif zu ihnen. Während der alte

Herr sprach, setzte sich ein Gedanke mehr und mehr in meinem Kopf fest: Dieser Paul, der Mama keinen Moment aus den Augen ließ, sie mit besorgt-wohlwollenden Blicken umhegte, um auch nicht die leiseste Veränderung in ihrer Mimik zu verpassen, war augenscheinlich verliebt.

»Die Grandhotels blieben den ganzen Krieg hindurch geöffnet. Während Europa in Schutt und Asche lag, zirkulierten dort Reklamen, die die Vorzüge der Schweizer Luxushotellerie anpriesen«, erzählte der Lehrer.

Mama beobachtete gebannt das Gewitter, das die große Fensterscheibe verschmierte. Ich fragte mich, ob sie nicht seit langem schon ihr Leben nur mehr darauf ausgerichtet hatte, dieses Maß an Gleichgültigkeit zu erreichen, das inzwischen nicht mehr nur eine Abwesenheit von der Welt, sondern eine Art Urlaub von sich selbst war. Mir war nicht klar, ob sie tatsächlich zuhörte. Sie setzte sich nie richtig auf einen Stuhl oder Sessel, sondern immer nur ganz vorn auf die Kante, als wolle sie jeden Moment aufstehen und gehen. So hielt sie sich in einem prekären Gleichgewicht auf der Ledercouch der Salon-Bar.

»Wer die Mittel dazu hatte, konnte der Hölle entfliehen. Sie konnten hierherkommen, um ihre Sorgen zu vergessen und Kraft zu schöpfen. Für ein paar Wochen, ein paar Monate, ein paar Jahre oder gar bis zum Ende des Konflikts konnten sie die gute Schweizer Luft atmen.«

Mamas leerer Blick wanderte über die Raumausstattung. Als ich zufällig darin auftauchte, war ich genauso unwichtig wie irgendein beliebiges Stück Krimskrams in dem ganzen anderen Krimskrams ringsum. Neugierig geworden von der Stille, starrte sie Favre an. Er interpretierte es als eine Einladung fortzufahren.

»Im Falle, dass es zu Schwierigkeiten beim Begleichen der Rechnung kam, war es Ehrensache für das Hotel, ein Arrangement zu finden. Auf den Prospekten, die in ganz Europa im Umlauf waren, war dies ausdrücklich im Kleingedruckten vermerkt. Verstehen Sie … es ging darum, die Interessen des Hotels bestmöglich mit denen einer Klientel zu versöhnen, die womöglich, momentan, durch die Wechselfälle des Lebens, ihrer Liquidität beraubt war.«

Er legte eine kurze Pause ein.

»Der Direktor des *Grand National*, der Vater des jetzigen Direktors, den Sie ja kennen, glaube ich …?«, fragte er.

Ich bestätigte es.

»Also, der damalige Direktor hatte in weiser Voraussicht vorgesorgt. Zu Kriegsbeginn hatte er tonnenweise Kohlen zum Heizen gelagert, aber auch riesige Krüge voll Öl, Holzfässer voll Zucker, säckeweise Nudeln in Form von Makkaroni oder Vermicelli, getrocknete Hülsenfrüchte und Fleischkonserven. Das wurde alles sorgfältig in den unterirdischen Gewölben der stillgelegten Zahnradbahn eingelagert. Stellen Sie sich das vor! Kolossale Lebensmittelvorräte. Und das war noch nicht alles … Der Direktor hatte einen Hühnerhof im Park einrichten lassen. Dort spazierten also Legehennen und Flugenten herum. Und, glauben Sie mir, die Gäste haben sich nicht beklagt! Die Eier konnte man gegen Rationierungsmarken eintauschen, für die man so gut wie alles bekommen konnte. Aber man musste vorsichtig sein. Vor allem musste man sich vor den eidgenössischen Inspektoren hüten.«

»Ich habe diese Geschichten schon gehört.«

»Jaja. Hier in der Gegend ist das recht bekannt. Das Hotelrestaurant konnte täglich ein Abendmenü mit drei Gängen anbieten. Es fehlte weder die Sahne noch die Butter für den Kuchen …«

»Ich weiß, ich weiß …«

Dieser alte Herr mit dem spitzen Gesicht, bei dessen Anblick man fürchtete, die Knochen könnten, wenn er sprach, die Haut durchstechen, dieser Herr, der einmal ein junger, adretter Lehrer gewesen war, hochgebildet und mit vorzüglichen Umgangsformen, ein Musterbeispiel für all die anderen Lehrer von damals, war er der junge Mann gewesen, der das Foto der strahlenden Pia vor dem Eingang des *Grand National* gemacht hatte?

»Kannten Sie sich damals?«, fragte ich ihn.

»Wir waren befreundet.«

»Befreundet?«

»Genau, befreundet. Ich hege eine große Zuneigung für Ihre Mutter.«

Favre ließ den Blick auf Mama ruhen, die nach wie vor aus dem Fenster starrte und versuchte, in den aufgequollenen Formen jenseits der Scheibe etwas zu erkennen. Sie wandte sich abrupt um und schwankte dabei so heftig, dass sie beinahe von der Couch gefallen wäre. Die beiden versenkten für eine Weile ihre Blicke ineinander, und ich verstand, dass dies für sie eine Art war, sich gegenseitig etwas zu sagen.

Ich wollte nicht taktlos sein. Wir aßen im Restaurant in der Rotunde zu Abend anstatt in der Brasserie, weil die Gäste dort ihren festen Tisch hatten, mit ihrem silbernen Serviettenring und der Weinflasche, die sie von einem Essen zum nächsten begleitete. Der riesige Saal schwamm im Licht, das von den großen makellosen Tischdecken reflektierte und sich an den

Reihen von Gläsern brach. Es wirkte so irreal, dass die Atmosphäre fast schon unbehaglich war.

Favre kannte die Namen zahlreicher Blumen, Bäume und Moose, weil er mit seinen Schülern oft in den umliegenden kleinen Gebirgstälern oder in der Gegend eines Teichs botanisieren gegangen war. Er hatte ihnen beigebracht, dass alles, was existierte, benannt werden konnte, und dass es eine Ordnung in der Natur gab, wobei er auch stets auf die Evidenz diskreter Verwandtschaftsbeziehungen innerhalb der Vegetation hingewiesen hatte, die üblicherweise aus den Pflanzen Verbündete machen, sodass sie sich gegenseitig unter die Arme greifen. Eine Lerneinheit, die im Anschluss zu nützlichen Schlussfolgerungen einlud.

Favre zeigte sich höchst neugierig in Bezug auf meinen Beruf und fragte mich viele Details. Besonders interessiert war er, als ich ihm meine Technik auseinandersetzte, große, höchst natürlich wirkende Teiche mit ruhiger, glatter Wasseroberfläche anzulegen, auf denen Seerosen schwammen, die aber frei von Stechmücken und anderen unliebsamen Gästen waren – mein Angebot für Kunden, die zwar nicht wussten, was sie wollten, aber meistens ziemlich genau, was sie nicht wollten.

Während wir uns unterhielten, kümmerte der alte Lehrer sich die ganze Zeit diskret und mit unendlicher Geduld um meine Mutter. Mehrere Male verschwand er unter dem Tisch, um ihre Serviette aufzuheben. Er schnitt ihr das Fleisch und die Bohnen. Kein einziger Bissen wurde vom Teller geschleudert, und mir fiel auf, dass die zahlreichen Kellner, offenbar mit dem Schauspiel vertraut, sich ganz stressfrei um uns herum bewegten.

Als der Kaffee gereicht wurde – Mama bekam ihren Kräutertee –, fragte sie mich: »Emil, hast du noch was von diesem Konfekt?«

Ich zögerte wegen Favre.

»Du weißt schon, diese Geleefrüchte, die ein wenig nach Honiglebkuchen schmecken

»Jaja, Mama.«

In der Innentasche meiner Jacke hatte ich in einem Papiertütchen vier Kugeln aus dem Vorrat unter der Spüle in Agons Hütte. Ich schaute dort regelmäßig vorbei, um zu gießen und das reife Gemüse zu ernten. Bei der Gelegenheit schöpfte ich aus den Reserven. Eine Handvoll brachte ich bei jedem Besuch ins Krankenhaus mit, weil Agon mit seinem Hausmittel die kontinuierliche Dosisreduzierung der von den Ärzten angeordneten Schmerzmittel kompensierte. Obendrein ging er davon aus, dass die entspannende Wirkung seines Mittels auf das Nervensystem den Heilungsprozess des Gewebes beschleunigte.

Ich hielt ihr zwei davon in der offenen Handfläche hin.

»Hier.«

»Danke.«

Sie führte sie sofort zum Mund, um daran zu lutschen.

»Was ist das?«, fragte Favre.

»Eine Süßigkeit vom Balkan.«

Ich beugte mich zu ihm und flüsterte ihm ins Ohr: »Grüne Konfitüre.«

»Grüne …?«

»Haschisch. Aber es ist auch Quittengelee drin. Des Geschmacks wegen und zur Konservierung. Einer meiner Angestellten stellt es her.«

Mama versuchte, die Kugel auf ihren Teelöffel zu legen, um

sie in ihren Tee aus Zitronenverbene zu tunken, doch sie rollte davon, und Favre fing sie gerade noch auf, bevor sie vom Tisch kullerte.

Nach dem Essen lud mich Favre ein, noch ein paar Schritte zu gehen und bei ihm zu Hause ein Glas Armagnac zu trinken. Er begleitete Mama auf ihr Zimmer und stützte sie beim Gehen. Ich wartete in einem schweren Sessel im Salon auf ihn, zwischen der Bronzefigur eines übertrieben muskulösen brüllenden Stiers auf einer manierierten Kommode und einem sehr grünen Gemälde mit einem pausbäckigen Kind, das einen Krug in Armeslänge hielt. Was zu Beginn des vorigen Jahrhunderts sicherlich einmal als erlesener Raumschmuck gegolten hatte, erinnerte heute nur noch an ein Sammelsurium von Gegenständen in einem Antiquitätengeschäft.

»Ihre Mutter war sehr hübsch.«

»Ich weiß, ich weiß.«

Ein Bursche aus dem Dorf hatte sie einmal dabei beobachtet, wie sie eine kandierte Kirsche von einer Saint-Honoré-Torte genommen und sich in den Mund gesteckt hatte, um sie abzuschlecken, bevor sie sie wieder an ihren Platz auf dem Gebäck setzte. Die Früchte auf den Kuchen glänzten deshalb so in der Vitrine, weil sie vorher zwischen Pias Lippen hindurchgegangen waren.

»Wir mussten unweigerlich daran denken, wenn wir davon aßen! Wir waren alle heillos in sie verliebt«, erzählte Favre.

Sie gingen oft in die Bäckerei, zwei-, drei-, viermal am Tag, um ein Stück *Sugus*-Bonbon zu kaufen, oder mit einer der Verkäuferinnen über nichts und wieder nichts zu reden, oder einfach bloß so, in der Hoffnung, Pia zu sehen, vielleicht einen

Blick von ihr durch die offen stehende Tür zum Treppenhaus zu erhaschen, das zur Wohnung im ersten Stock gleich über dem Geschäft hinaufführte.

Wir saßen uns in seinem schlecht beleuchteten Wohnzimmer gegenüber und tranken den Schnaps. Auf den zahlreichen Möbeln türmten sich Bücher, Zeitschriften und Zeitungen und zerstörten die Atmosphäre. Wofür konnte es gut sein, diese Anhäufung von totem Geplapper zu konservieren, und dazu das unangenehme Gefühl einer schweigenden Menge, die sich um einen drängte?

Favre erhob sich.

»Ich werde Ihnen das Kostbarste zeigen, was mein Haus zu bieten hat.«

Er ging um den Couchtisch herum, dann um ein rundes Bistro-Tischchen, dann um einen Stuhl, dessen Daseinszweck in erster Linie darin bestand, als Ablage für einen Stapel amerikanischer Ausgaben von *National Geographic* zu dienen. So gelangte er schließlich, ohne an irgendetwas gestoßen zu sein, zu einem Sekretär mit zahlreichen Schubladen. Dort holte er einen großen Bildband hervor. Es war ein Buch über Ornithologie mit farbigen Bildtafeln. Er strich lange zärtlich über den Deckel, als gelte es, den Inhalt anzuwärmen, bevor er ihn vor mich hinlegte und öffnete.

Auf jeder Seite war oben das Männchen und unterhalb das Weibchen zu sehen, entgegengesetzt ausgerichtet und exakt gleich groß. Der alte Lehrer beugte sich herab, um mich auf drei kleine runde Buchstaben unter dem Fuß eines Gartenrotschwänzchens aufmerksam zu machen, fast wie eine zarte Spur, die der Vogel auf dem Papier hinterlassen hatte. Die Aquarelle waren signiert mit Pia.

»Er war ein führendes Mitglied der Deutschen Ornithologen-Gesellschaft und reiste für seine Recherchen durch ganz Europa. Der Kriegsausbruch überraschte ihn in der Schweiz.«

Hinter Favre befand sich ein riesiger Spiegel, sodass ich auch die Rückseite meines Gesprächspartners sah. Ein äußerst unvorteilhafter Blickwinkel: die riesigen roten Ohren, wie ein absurder Auswuchs der Haut an seinem kahlen Schädel, und die hängenden Schultern.

»Er hatte sich im *Grand National* einquartiert und belegte die Hälfte der dritten Etage: sechs Zimmer, einige davon miteinander verbunden. Der Hoteldirektor gewährte Kredit, weil er überzeugt war, dass von Bullion – er hatte einen Grafen-Titel – ein großes Vermögen besaß, auf das er temporär nicht zugreifen könne.«

»Wie war der Name, sagten Sie?«

»Von Bullion. Er hieß Hans von Bullion. Eine alte Adelsfamilie aus Ostdeutschland.«

Er schwieg einen Moment, dann fuhr er fort.

»Ich habe ihn zum Col de Jaman hinaufbegleitet. Wir haben den Zug der Vögel beobachtet. Mithilfe von Angestellten des Hotels haben wir große Netze aufgestellt, um Vögel zu fangen, die Richtung Norden flogen. Wir fütterten sie und hofften, dass sie dadurch stark genug wären, um den vom Krieg kolonisierten Himmeln jenseits der Grenze zu trotzen. Hans machte sich Notizen in kleinen Heften. Einige Vögel beringten wir. Die Nacht am Pass verbrachten wir in einem Chalet, das uns der Skiclub zur Verfügung gestellt hatte.«

Ich schaute auf die Wand rechts, auf die Wand links, dann auf die mit gräulichen Musselinvorhängen verdeckten Fenster:

Sie ließen dem Licht, das hinter den letzten Gewitterwolken hervorzubrechen begann, keine Chance.

»Ihre Frau Mama war bei uns. Wir hielten Goldhähnchen, Baumläufer und Mauerläufer in unseren hohlen Händen.«

Er machte eine lange Pause, dann sagte er: »Sie waren sehr verliebt.«

»Meine Mutter? In einen Grafen?«

Favre zeigte mit einer theatralischen Geste auf das winzige Tischchen mit dem geöffneten Buch, vermutlich um einen Effekt zu erzielen.

»Die Gesten Ihrer Frau Mama waren immer schon brüsk und präzise. Die Gesten eines Menschen, der nicht akzeptiert, dass sich ihm die Realität in den Weg stellt«, murmelte Favre. Sein Blick verlor sich in der Ferne.

Nach ihrem Mittagsschlaf war Mama wieder in den Salon heruntergekommen – den mit den riesigen Alpengemälden an den Wänden –, wo nachmittags Erfrischungen oder Tee serviert wurden, und ich gesellte mich zu ihr. Sie hatte jetzt ihre festen Gewohnheiten im *Grand National*. Ein seliges Lächeln spielte um ihre Lippen, und ich staunte erneut darüber, dass ich zeitweise in ihrem Blickfeld überhaupt nicht existierte.

»Nimmst du einen Cinzano?«

Sie antwortete nicht.

»Einen Cinzano?«, fragte ich etwas lauter.

»Ja.«

Ich gab dem Kellner hinter der Bar ein Zeichen.

»Ich habe mit Favre gesprochen.«

»...«

»Warum hast du nie was erzählt?«

»...«

»Dieser Deutsche!«, insistierte ich.

»Lass das!«

»Mama! Erzähl!«

»Darin bin ich nicht gut.«

»Ich weiß.«

»Im Erzählen bin ich nicht gut.«

»Ich weiß.«

»Die Leute verbringen ihre Zeit mit Erzählen. Wenn man was erzählt, dann ist es längst tot.«

»Im Grunde ist mir das egal, weißt du. Da bin ich wie du.«

»Das ist Vergangenheit«, murmelte sie.

Sie presste die Lippen aufeinander, und ihr ganzes Gesicht zog sich in sich zusammen.

»Du bist der Sohn deines Vaters.«

»Ja und?«

»Nichts.«

»Was willst du damit sagen?«

»Du bist nicht der Sohn von Hans.«

»Also, das weiß ich.«

»Du bist nicht der Sohn von Favre.«

»Ich weiß.«

»Du bist der Sohn deines Vaters.«

»Das brauchst du mir nicht in so einem vorwurfsvollen Ton zu sagen.«

Kleine Fältchen, die ich gut an ihr kannte, hatten sich in ihre Wangen gegraben. Wir schwiegen eine Weile. Ich ließ sie zu Atem kommen.

»Dieser Deutsche?«, fragte ich.

»Ja.«

»Du hast das Brot hier heraufgebracht.«

Sie seufzte tief.

»Im Sommer war das. Im Juli. Ich habe mein Fahrrad an die Wand gelehnt. Ein Spatz hat sich auf den Gepäckträger gesetzt, um zu picken.«

Sie seufzte noch einmal tief, diesmal ganz anders.

»Ich hatte ihn gar nicht gesehen im Park.«

»Wahrscheinlich hatte er dich schon eine Weile beobachtet.«

»Weißt du, was er zu mir gesagt hat?«

»Nein.«

»Ich erinnere mich ganz genau daran.«

Ihre dünnen Lippen verzogen sich und zeichneten einen verschrobenen, absolut originellen Mund unter ihre Nase.

»Er kam zu mir her und nahm den Hut ab.«

Sie schwieg, und ich wartete geduldig.

»Ich muss die richtigen Worte finden.«

Ich wartete weiter, während ich beinahe zwanghaft mit dem Finger – er war mit einem kleinen Heftpflaster umwickelt – auf die Sessellehne klopfte. Während ich ihr so gegenübersaß, hatte ich das Gefühl, einen dieser bizarren Augenblicke zu durchleben, wo man sich selbst von ganz weit her sieht. Das Licht der schweren Lampe in Form eines Pilzes zwischen uns auf dem Tisch zerteilte Mamas Gesicht. Ich sah sie wie durch einen zerbrochenen Spiegel, und jedes Mal, wenn ich mich, leicht gereizt, bewegte, setzte es sich vor meinen Augen wieder ein wenig anders zusammen.

»Er sagte zu mir: ›Man muss voller Leben sein, um die Vögel nicht zu erschrecken. Auf eine sanfte und kontemplative Art.‹«

Sie versank noch tiefer in ihrem Sessel, wodurch ihre Beckenknochen scharf hervorstachen. Sie hatte längst ein Alter erreicht, in dem keine Hoffnung mehr bestand, noch einmal Körpermasse zuzulegen.

»Voller Leben, genau. Auf eine sanfte und kontemplative Art.«

Ich stellte sie mir vor, in einem Kleid mit Tupfen, vielleicht roten, oder blauen, aber auf jeden Fall einem ganz leichten, das ihr nur bis über die Schenkel reichte und ihre nackten, vom jahrelangen Radfahren in den Bergen muskulösen Beine zeigte. Vielleicht hatte sie sich ein seidenes Tuch um den Kopf geschlungen. Bestimmt war sie außer Atem und genoss ein paar Momente lang ganz unmittelbar die dünne Luft, die aus den schattigen Winkeln kam und ihren schweißnassen Körper mit einer Gänsehaut überzog.

Ihre grünen Augen, dieses beständige Wesensmerkmal, zuckten auf einmal nach rechts und nach links, als ob eine Gefahr drohe.

»Kennst du den Doktor Moser?«

»Nein, Mama.«

»Er ist schon seit ewigen Zeiten tot.«

»Das hast du mir schon erzählt.«

»Der Tag, als ich mit dem König von Spanien Tennis spielte. Mit dem Prinz von Asturien meine ich. Da war er auf dem Platz nebenan.«

»Und?«

»Wie der mich angesehen hat!«

Ihre Gesichtszüge waren momentan wie gelähmt. Sie beugte sich vor, um nach ihrem Glas zu greifen, dann lehnte sie sich wieder zurück, und das Licht der Lampe ersetzte das vorherige, starre Gesicht durch ein neues.

»Ich wollte, dass es ihm leidtut, mich nicht auf die Welt gebracht zu haben.«

»Hat er das Foto von dir gemacht?«

»Wer?«

»Dieser Hans. Im Park? Als du das Brot geliefert hast und der Spatz sich auf deinen Gepäckträger setzte.«

»Ja. Er hat seinen Hut abgenommen. Er hat sich vorgestellt. Und dann hat er mich gefragt, ob er mich fotografieren dürfe. Aber der Spatz war davongeflogen.«

»Er war Ornithologe?«

»Er hatte große Käfige auf den Balkons aufgestellt. Eine ganze Reihe. Um die verletzten Vögel zu pflegen.«

»Und der Hoteldirektor war einverstanden?«

»Ihr Gesang weckte bei Tagesanbruch die Gäste.«

»Es gab keine Probleme?«

»In der Nacht hörte man das Dröhnen der Flugzeuge, die Richtung Deutschland flogen. Der Direktor sagte zu den Gästen, dass das Vogelgezwitscher doch besser sei als der Lärm der Bomben.«

Die Vögel waren nicht bloß in den Käfigen. Das ganze Zimmer war eine einzige Voliere. Wendehälse nisteten in den Vorhängen, als wäre es Moos, Schnepfen brüteten in der Mulde des Betts zwischen zwei Kopfkissen, akzeptabler Ersatz für eine mit welkem Laub ausgekleidete Mulde im lockeren Waldboden.

»Das muss doch ziemlich dreckig gewesen sein, oder nicht?«

»Man musste aufpassen, nichts zu zertreten, wenn …«

»…«

»… wenn man ins Bett ging.«

Mama schaute mich mit einem herausfordernden Blick an.

Favre hatte mir erzählt, dass sie das *Grand National* kurz nach Mitternacht verließ, im Mondlicht die steilen, kurvigen Straßen ins Dorf hinuntersauste, stets rechtzeitig, um mit der Auslieferung des nächsten Morgens zu beginnen.

Sie erzitterte auf einmal von unsichtbaren Vibrationen, und als sie ihr Glas abrupt auf dem Tisch abstellte, klirrte es.

Sie schloss die Augen. Allmählich ließ das Zittern nach. Sie saß jetzt aufrecht und so regungslos, als ob sie eingeschlafen wäre.

Ich verkniff es mir, mir auszumalen, wie meine Mutter in den Armen dieses Deutschen lag, ihre erste Liebe, umgeben vom Gepiepse geschwätziger Spatzen, dem Rascheln von Flügeln, herumwirbelnden Federn, Gekreisch und Gezwitscher in allen Tonlagen.

Als sie die Augen wieder aufschlug, schien sie wenig angetan von dem, was sie um sich herum vorfand, und wirkte fast überrascht von meiner Gegenwart.

»Aaaah, Emil. Jetzt bin ich sehr müde.«

Ich gab dem Etagenkellner ein Zeichen. Er half ihr hinauf in ihr Zimmer, damit sie sich vor dem Abendessen ausruhen konnte.

Scheidegger winkte mir genau in dem Augenblick, als ich in der Eingangshalle den Fuß in eine Raute aus Licht setzte, das von den großen Glasscheiben der Drehtür gebrochen wurde. Es gab Formalitäten.

»Für die Versicherung, Monsieur Weiss.«

Er verschwand hinter der geschnitzten Holztheke. Dann tauchte er wieder auf, wuchs schlagartig, als er auf sein Podest trat, und reichte mir eine Plastikhülle mit Unterlagen.

»Das sind die Besuche der Krankenschwester.«

»Danke.«

»Sie hat einen sehr schwachen Blutdruck, leichte Herzrhythmusstörungen … Es steht alles da drin.«

»Doch nichts Ernstes?«

Das unterschwellige Lächeln Scheideggers brach sich ungehemmt Bahn, bis all seine Zähne zu sehen waren.

»Was könnte es Ernstes geben in ihrem Alter?«

»Abgesehen davon, dass man dem Tod nahe ist, wohl nichts, nein.«

»Selbstverständlich, selbstverständlich. Aber Monsieur Favre passt gut auf sie auf.«

»Ich weiß! Ich weiß!«

»Und Sie natürlich auch, das versteht sich ja von selbst«, fügte er hinzu, während er mich zum Ausgang geleitete.

Das Gewitter war in die Ebene abgezogen. Die Alpengipfel waren aufgereiht wie riesige Lampions. Sonnenstrahlen brachen dazwischen hervor und mischten sich unter die Feuchtigkeit, die noch die Luft verschlackte. Die Temperaturen muteten fast wieder sommerlich an. Ich schauderte. Mir war zu klamm, um mich an eine abrupte Veränderung der Atmosphäre anzupassen.

Das Taxi fuhr mit Schrittgeschwindigkeit die trockenen Spurrillen die Avenue Pivoine entlang. Bei der Nummer 8, an der Kreuzung mit der Avenue Casbah, hob Neto den Kopf von der Hecke, die er gerade schnitt. Ein paar Sekunden lang schaute er dem Wagen nach, bis er Agons breites Gesicht hinter der spiegelnden Scheibe erkannte und ihm überschwänglich nachwinkte. Bei der Nummer 2, an der Kreuzung mit der Avenue Tulipe, kam Borek gerade vom Brunnen, stellte seinen Wassereimer ab und hob seinerseits die Hand zum Gruß, kaum dass die schwarze Limousine vorbei war. Die Rückkehr Agons schien einem exakten Protokoll zu folgen, als wäre er der Ehrenpräsident dieses Mikroverbundes von Gemüsestaaten.

Auf Höhe des begrünten Eingangs hielt der Wagen an. Der Fahrer stieg aus und holte zwei Krücken aus dem Kofferraum. Er hielt sie vor der offenen Beifahrertür bereit, damit Agon sie ergreifen, sich darauf stützen und sich daran emporhieven konnte, was er mit unendlicher Langsamkeit tat. Zentimeter für Zentimeter musste er gegen seinen Körper ankämpfen, der ihn im Inneren des Wagens halten wollte. Schließlich richtete er sich vollends auf und drehte den Kopf so weit herum, wie es ging. Dieses anrührende Panorama wollte er voll und ganz auskosten.

»Geht es?«, fragte der Fahrer.

»Jaja. Wir kommen jetzt allein zurecht.«

»Und die Fahrt?«

»Weiss, hol den Geldbeutel aus meiner Gesäßtasche und bezahl ihn!«

Agon wollte seine Schwäche offenbar gleich auf die Probe stellen, denn er machte sich, nach dreiwöchiger Abwesenheit, prompt an eine ausgiebige Besichtigungstour seines kleinen Reichs.

Praktisch von Kopf bis Fuß einbandagiert und mit orthopädischen Hilfsmitteln ruhiggestellt, Hüfte und Oberkörper eingeschnürt, ein Bein in einer Schiene fixiert, so nahm er die Ziegel und zusammengezimmerten Stege in Angriff, die die verschiedenen Bereiche seines Gärtchens miteinander verbanden.

»He! He! Vorsicht!«

Eine Krücke war in einer Schlammpfütze eingesunken. Sein Oberkörper sackte zur Seite. Über den langen Stielen des Rosenkohls rang er um sein Gleichgewicht und versuchte, sich an seiner wackeligen Stütze wieder aufzurichten.

»Warte!«

Ich stieg von einem Eisenträger herunter, stemmte mich mit der Schulter gegen seinen Rumpf, um ihn wieder ins Lot zu bringen, befreite die Krücke aus dem Sumpf und half ihm, sie unter seine Achsel zu schieben.

»Danke, Weiss, danke!«

Mit geblähten Nasenflügeln versuchte er, die Ausdünstungen des Lebens in seinem Gemüsegarten einzufangen, scheute keine noch so verzweifelte Anstrengung, sich zu dehnen und zu strecken, auch auf die Gefahr hin, ins Wanken zu geraten und kopfüber auf dem Boden zu landen.

Er stellte die Krücken weit nach vorn, verlagerte sein

Gewicht darauf, um sich mit seinem geschienten Bein vorwärts zu schwingen, gönnte sich eine kleine Pause in der Vertikalen, und begann die Übung von neuem. Er musste alles, lahme Gelenke, Gestelle aus Alu und Watte, Stützweste und Plastikhüllen, unbedingt seinem Willen unterwerfen.

Er humpelte bis zu den großen, nackten Stangen, an denen sich die Feuerbohnen während des Sommers emporgerankt hatten, und strich über die scharfen Spitzen, dass man fürchten musste, er könnte sich daran aufspießen. Mit einem riskanten Manöver versuchte er schließlich, seine Richtung zu verändern und aus der Sackgasse wieder herauszufinden: Unter beunruhigenden quietschenden Geräuschen schaukelte er von einer Seite zur anderen, ungefähr wie ein von einer Feder angetriebenes Pendel.

»Hilf mir!«

Zwischen dem Betonsockel des Frühbeets und der Mauer mit den Spalierbäumen nahm er mit meiner Hilfe Kurs auf das Labyrinth, das zum Werkzeugschrank führte. Auf eine Krücke gestützt streichelte er seinen Spaten – der Stiel war mit Hansaplast verstärkt –, den Rechen, die Jäthacke und die abgenutzte große Hacke, deren Griff er teilweise mit Kompressionsverband umwickelt hatte, um sich gegen Holzsplitter zu schützen. Dann musste noch ein Umweg zum Kohl eingelegt werden, um dessen dicke Blätter zu bewundern, die aussahen, als wären sie aus Karton. Endlich erreichten wir die Laube, und indem ich ihn zuerst im Rücken anschob, dann wieder zu mir herzog, half ich ihm, sich auf die Plattform hinaufzuhieven.

Draußen gab es nichts mehr zu erkunden. Und so machte er eine Tour durch das Innere der Hütte.

Er setzte sich an den Tisch.

Dort blieb er reglos sitzen, ein versteinertes Lächeln auf einen Lippen. In seinem winzigen Reich, das nur seinen eigenen Gesetzen unterworfen war, genoss er seinen Abstand vom Rest der Welt.

Ich kenne dieses Gefühl. Ich kann es mir nicht verkneifen, mich stets als der legitime Besitzer all der Gärten zu begreifen, um die ich mich im Verlauf der Jahreszeiten im Auftrag meiner Kunden kümmere. »Das ist genau der Grund, weshalb der Kommunismus in meiner bäuerlichen Heimat immer nur eine traurige Illusion war«, pflegte Agon zu sagen, denn es war seine Überzeugung, dass der Mensch sich seit jeher danach sehnt, eine persönliche Beziehung zu seiner Umgebung zu pflegen.

Neto, der Pächter von Avenue Pivoine Nummer 8, kam zum Gartentor herein. Er suchte sich einen Weg durch das Labyrinth, schlängelte sich zwischen Unterständen, Pfählen und alten Fensterscheiben hindurch, die, schräg gestellt und mit Pfeilern gestützt, dafür sorgten, die Sonnenstrahlen gebündelt auf das Gemüse zu lenken. Als er auf der Terrasse ankam, musste er erst einmal Luft holen.

»*Salut,* Agon!«

Er wartete auf eine Antwort, die jedoch ausblieb.

»Was hat er?«, fragte er mich.

Ich zuckte die Achseln.

»Nichts.«

»Nichts« war, um ehrlich zu sein, kaum das treffende Wort, um die Situation zu beschreiben.

»Ich glaube, er dockt wieder neu bei sich selbst an«, sagte ich schließlich.

»Na gut. Ich hole mir mal die Gasflasche von drinnen.«

Die Verlegung der Schrebergärten durch die Stadt, im Hinblick auf die geplanten Baumaßnahmen, war für den folgenden Monat vorgesehen. Zusammen mit Agons Nachbarn hatten wir angefangen, die Sachen, die zur Sperrmüllstelle gebracht werden sollten, aus der Hütte zu räumen.

»Kommt ihr klar?«, fragte Neto, als er schwer beladen aus der Hütte wieder auftauchte.

»Keine Sorge, Neto. Ich übernachte heute hier.«

Er durchquerte Agons Blickfeld, zögerte, blieb stehen, stellte die Flasche ab, stand wie angewurzelt, kratzte sich am Kopf, ohne jedoch Agons Aufmerksamkeit gewinnen zu können. Schließlich entschloss er sich, dann eben unsichtbar zu bleiben, verabschiedete sich von seinem Freund, indem er ihm eine gute Nacht wünschte, und verschwand endgültig im komplizierten Gewirr der Wege.

Borek brachte als Willkommensgruß Einmachgläser in allen Farben und Formen, gefüllt mit Gemüse in allen Farben und Formen, jedoch durchwegs blass. Das brachte mich auf die Idee, ein besonders prall gefülltes mit nicht allzu blassen Paprikaschoten zu öffnen und den Inhalt als Beilage zu einer Scheibe Blätterteigpastete mit Spinat und Schafskäse zu servieren.

Ich stellte die Teller mit einer Flasche Rotwein und zwei Gläsern auf den Tisch in der Laube. Agon hatte sich keinen Millimeter vom Fleck gerührt. Ich legte ihm eine alte Armeedecke aus brauner Wolle mit weißem Kreuz über die Schultern, weil es allmählich feucht und kühl zu werden begann. Dann setzte ich mich zu ihm.

Er nahm die Gabel in die Hand, brachte sie auf die richtige Höhe und führte sie mit abstehendem Ellbogen horizontal zum Mund. Dann bewegte sich nur noch sein Kiefer, langsam und fast unmerklich, als koste es ihn Kraft, seinem Körper zusätzliche Masse hinzuzufügen.

»Soll ich dir noch Wein eingießen?«

Ich meinte, den Hauch einer Bejahung durch sein gesamtes Gehäuse ausmachen zu können.

Da er den Kopf nicht weit genug in den Nacken legen konnte, lief ihm etwas Flüssigkeit in die Halskrause und rann den Hals hinunter, bis sie von der Wattierung aufgesogen wurde.

Wir saßen in dem grünen, dichten, fast flockigen Licht des Vordachs.

»Was bedeutet ›Laputik‹?«

»...«

»Die Kerle, die dich vermöbelt haben, haben die ganze Zeit ›Laputik‹ gerufen.«

»Lapuznik!«

»Genau. Lapuznik.«

»Das ist der Name eines Dorfs.«

»Ja und? Was ist da passiert, in diesem Dorf?«

Er legte die Hände mit den Handflächen nach oben vor sich auf den Tisch – die einzigen Körperteile mit Ausnahme seines Gesichts, die frische Luft genießen konnten: Jäger-Hände, wahre Muskelpakete, so kraftvoll, dass sie Eindruck machten. Agon ist sehr effektiv darin, Kunden, die sich stur einbilden, ihre Rechnung nicht bezahlen zu wollen, zur Raison zu bringen. Ein Besuch von ihm bei ihnen zu Hause genügt vollkommen – und in der überwiegenden Mehrzahl der Fälle ganz ohne Gewaltanwendung –, um sie davon zu überzeugen, binnen einer Stunde den geschuldeten Betrag zu begleichen.

»Lapuznik ist ein kleines Bauerndorf, wie es sie zu Hunderten in den Bergen und Tälern dort gibt. Nicht anders als andere.«

»Wann war das?«

»Im Unabhängigkeitskrieg. Vor zwanzig Jahren.«

»Hast du gekämpft?«

»Ein bisschen. Nicht viel.«

»In der Befreiungsarmee?«

»Mehr oder weniger.«

Er seufzte, und auch die Gelenke seiner vielfältigen Prothesen bekundeten ihre Ermüdung durch leise, mehr oder minder metallische Geräusche.

»Und? Lapuznik?«

»Es gab damals eine Polizeioperation, um die Zone von Lapuznik, die von der Befreiungsarmee gehalten wurde, wieder unter Kontrolle zu bringen. Dabei wurden Zivilisten als Geiseln genommen.«

Wir schauten auf den Garten hinaus. Der Tag war am Verlöschen. Die höhere Vegetation, die sich lange gegen die Nacht zur Wehr gesetzt hatte, verlor nun unweigerlich ihre stolze Haltung.

»Sie wurden in überfüllte Zimmer gesperrt und mussten auf dem nackten Boden schlafen. Sie waren an Eisenringen in der Mauer angekettet, saßen in ihren eigenen Exkrementen. Sie bekamen kaum zu essen. Sie wurden regelmäßig geschlagen. Manche hatten Schussverletzungen, andere gebrochene Gliedmaßen. Sie wurden rund um die Uhr bewacht. Ich sprach mit den Gefangenen. Ich versuchte, einige zu versorgen. So gut ich eben konnte. Mit einfachsten Mitteln, verstehst du. Das wurde nicht gern gesehen. Es waren Frauen darunter. Auch Kinder …«

Er schwieg eine ganze Weile, bevor er fortfuhr.

»Ich war bei den Ersten, die weggingen. Bevor das Dorf vom Feind zurückerobert wurde. So erfuhr ich erst Monate später davon … Bei der überstürzten Flucht hatte es Exekutionen gegeben.«

Er beugte sich zu mir. Der Druck auf die Halterungen und Fugen ließ seinen gesamten Verbandspanzer knacken, eine Serie scheußlicher und höchst beunruhigender Laute.

»Ich habe niemanden getötet.«

Er war mir für mein Schweigen dankbar. Es war eine Art, ihn meiner Zustimmung zu versichern. Ich musste es glauben.

Agons Augen sahen aus wie zwei überreife, etwas gequetschte Früchte.

»Sind noch welche von den Kugeln da?«, fragte er mich schließlich.

»Kugeln?«

»Unter der Spüle. Die eiserne Reserve.«

»Ja.«

»Bring sie mir!«

»Alle?«

»Ja.«

Ich stellte die geöffnete Blechdose vor ihn hin. Er schaukelte mit dem Oberkörper nach hinten, um sich eine Kugel einzuverleiben. Dann nahm er noch eine, und dann noch eine und so weiter, bis er an die zehn Stück davon hintereinander verschlungen hatte, als würde er gesalzene Erdnüsse knabbern.

»Bist du sicher …«

Ich vollendete den Satz nicht. Agons Rückenkorsett knackte bedrohlich, als er sich zu mir umwandte.

Nach einem Moment der Stille bat er mich: »Hol mir ein Buch!«

»Welches?«

»*Die Elenden.*«

»Hole ich dir.«

»Den zweiten Band.«

Agon beugte sich über den Victor Hugo, als suche er das Innere einer geheimnisvollen Vertiefung ab. Das Buch verströmte einen Geruch von Moos und Pilzen. Er war ein Gefangener der Düfte von Unterholz. Vollkommen vertieft in seine Lektüre, hob Agon bis spät in die Nacht nicht ein einziges Mal den Kopf.

Eine beinahe grelle Aura umgab seine eindrucksvolle Silhouette. Wenn sein Arm ruckartig eine Seite umblätterte, fiel ein heller Schein auf sein Gesicht und ließ es auf eine besondere Weise leuchten.

Ich fragte mich, was er wohl für Tröstungen finden mochte in der Erzählung der Ereignisse, Heldentaten und Grübeleien von Monsieur Madeleine in Montreuil-sur-Mer.

Das schwache Licht des Lüsters über unseren Köpfen anästhesierte uns langsam. Ana saß außer Reichweite, etwas eingesunken in dem großen Sofa. Unter ihrem hochgerutschten Kleid waren ihre langen, blassen Beine zu sehen, der dynamischste Teil ihres Körpers. Ich konnte den Blick nicht von ihren anrührenden Schenkeln wenden und erging mich darin, mir ganz präzise einzelne Details ihres Körpers vorzustellen und mit den altvertrauten Gefühlen zu verbinden, die sie bei mir auslösten.

Ich litt darunter, dass ich die Situation nicht richtig einzuschätzen vermochte. Die ganze Fahrt zum *Grand National* herauf hatte Ana das heikle Thema sorgfältig vermieden. Wir hatten kein einziges Wort über das verloren, was im Frühsommer in London passiert war, hatten uns ausschließlich über Banalitäten unterhalten, unsere Arbeit, vor allem ihre Arbeit im Krankenhaus. Sie konnte noch immer nicht fassen, was ich ihr von Mama erzählt hatte: was der eigentliche Grund für Mamas Flucht in die Berge ihrer Kindheit war.

Wir vernahmen ein gedämpftes Klingeln, dann das Geräusch der automatischen Aufzugtüren. Nach einem kurzen Moment der Spannung trat Mama auf den Flur und kam verschwommen aus dem Halbdunkel in unsere Richtung. Sie wirkte wie reduziert auf das Minimum an Kraft, das nötig war, um einen menschlichen Körper in der Senkrechten zu halten. Ihre Flucht aus dem Altenheim, schoss es mir durch den Kopf, hatte den unabwendbaren Auszehrungsprozess in keiner Weise gebremst.

Sie durchquerte die Eingangshalle, ging am Empfang vorbei, wo Scheidegger hinter der Theke in irgendwelche Unterlagen vertieft war. Als er einen Gast in seinem Gesichtsfeld auftauchen sah, hob er sofort den Blick, wechselte im Bruchteil einer Sekunde von Konzentration zu Liebenswürdigkeit, grüßte und erkundigte sich der Gepflogenheit entsprechend, ob alles zum Besten sei. Mama wandte den Kopf, deutete eine Art Verneigung an, indem sie den Nacken reckte, taumelte auf einmal, weil der dicke Teppich unter ihren Füßen sie überraschend bremste, und war drauf und dran, einen Purzelbaum zu schlagen.

»Oh! Oh! Madame Weiss!«

In aberwitziger Geschwindigkeit sprang der Direktor von seinem Podest herunter, schoss aus seiner Box hervor und fing sie, unmittelbar bevor sie nach vorn gestürzt wäre, in seinen Armen auf.«

»Oooh! Oooh!«

Ich war inzwischen zu Hilfe geeilt und umfasste Mama, während Scheidegger mir zurief: »Eine *Volcada*.«

»Wie bitte?«

»Alles in Ordnung. Nicht wahr, Madame Weiss?«

Sie sagte nichts.

»Eine Figur aus dem Tango. In meiner Jugend war ich ein sehr guter Tänzer. Das war eine *Volcada*, was wir gerade vollführt haben.«

Sie stand wieder aufrecht und blickte sich um, ohne etwas Bestimmtes ins Auge zu fassen. Sie war jetzt in Verlegenheit, weil sie sich nach dieser heftigen Konfusion nicht mehr zurechtfand.

»Kommen Sie, setzen Sie sich, Madame Weiss! Das ist nichts, gar nichts, glauben Sie mir. Ein leichter Schwindel, so etwas kann jedem passieren.«

Scheidegger legte Wert darauf, dass in seinem Haus nichts Beunruhigendes vorfiel. Er winkte einem Kellner, der sogleich mit großen Schritten durch die Eingangshalle kam.

»Einen Wermut! Bringen Sie Madame Weiss einen Wermut in den kleinen Salon!«

»Ohne Eis«, rief Mama.

»Selbstverständlich, Madame.«

Und an mich gewandt präzisierte sie: »Nichts ist schlimmer als ein lauwarmer oder auf Eis servierter Wermut. Das ist eine Geschmackssünde. Er muss aus dem Kühlschrank kommen.«

»Alles in Ordnung, Monsieur. Alles in Ordnung. Wir kommen schon zurecht«, sagte ich zu Scheidegger.

Er ließ Mamas Taille los, trat einen Schritt zurück und sah uns mit einem wohlmeinenden, sehr professionellen Gesichtsausdruck nach, bis ihm einfiel, dass er ja noch Wichtiges zu erledigen hatte, sich umwandte und zu seinen Unterlagen zurückkehrte. Ich hielt Mama am Handgelenk fest und drückte sie an mich, um sie zu stützen. Der Kontakt war kalt und trocken und zeigte mir, wie weit die Entmaterialisierung ihrer Person bereits fortgeschritten war.

Ana bot ihr einen Platz neben sich auf dem großen Sofa an, während ich mich wieder in den Sessel ihnen gegenüber setzte. Mama schien für einen Moment im Gesicht dieser Fremden, die ihr freundlich zulächelte, nach etwas zu suchen, was ihr irgendwie vertraut vorkam.

»Ana, meine Frau«, sagte ich, um ihr zu Hilfe zu kommen. Ich staunte, mit welcher Gewissheit ich die Worte aussprach.

Mama beäugte den Kellner, der mit seinem kleinen runden Tablett neben sie trat, mit großspuriger Miene, die sich deutlich abmilderte, als ihr aufging, dass das Getränk, das er auf den Tisch stellte, für sie war.

»Ich kenne sie, Emil«, schnaubte sie.

Der Nebel, der ihre Augäpfel feucht glänzen ließ, sagte das Gegenteil.

»Carlo. Du hast mich immer Carlo genannt.«

Ihre Atmung wurde schneller. Sie ließ den Blick einmal durch den ganzen Raum schweifen. Das machte sie immer, wenn sie in Verlegenheit geriet. Dann blickte sie sich um, als würde gleich jemand auf der Bühne erscheinen und sie aus ihrem Unbehagen erlösen. Sie hatte die erstarrten Gesichtszüge und den offen stehenden Mund eines Kindes, das auf seiner kleinen Bank vor dem Marionettentheater fiebrig den Auftritt des Kaspers erwartet. Zum ersten Mal fragte ich mich, ob sie nicht in Wirklichkeit auf das Erscheinen einer ganz realen Person hoffte.

»Carlo! Lass es gut sein!«, sagte Ana zu mir.

Ich bemerkte Groll in ihrem, wie ich fand, etwas zu insistierenden Blick.

Dann legte sie mit einer unbeschreiblichen Zartheit die Hand auf das Bein meiner Mutter, und Mama ließ sie gewähren. Vermutlich hatte Ana Übung darin, auf diese Weise Kontakt mit ihren ans Bett gefesselten Patienten aufzunehmen. Ich konnte indessen immer noch nicht sagen, ob Mama inzwischen Ana in ihrer Erinnerung korrekt lokalisiert hatte.

Ich nahm mir vor, bei dem alten Lehrer vorbeizugehen und ihn zu fragen, ob Emil vielleicht einer der zahlreichen Vornamen von Bullions war.

Die beiden Damen unterhielten sich mit einem etwas gekünstelten Eifer über alltägliche und recht belanglose Dinge. Es war wie ein Summen im Hintergrund. Ganz allmählich wurden sie zu Elementen des Rokoko-Dekors, kaum lebendiger als die Gegenstände selbst. Ich fühlte mich unangenehm eingelullt von den dicken Vorhangstoffen, den Orientteppichen und der Überfülle von Nippes um mich herum, und empfand es als höchst ärgerlich, die kalte Feindseligkeit dessen, was mich umgab, nicht abschütteln zu können.

»Es ist nicht klug, sich dort zu lange aufzuhalten. Fiebrige Dämpfe flirren über den Sümpfen.«

Wovon redete sie? Offenbar hatte Mama dieses spezielle System weiter perfektioniert, mittels assoziativer, einzig und allein ihr selbst bekannter Verknüpfungen von Ideen zu funktionieren. Was sie sagte, hatte oft nicht den geringsten Bezug zu irgendetwas.

»Ständig liegt ein Schleier über den Dingen. Ein undurchdringlicher Schleier. Man fühlt sich wie verhindert, und nichts bringt einen dazu, morgens aufzustehen.«

Sie seufzte, bevor sie fortfuhr.

»Die Monotonie tröstet einen. Sie lässt die Gefühle abstumpfen. Das Elend schafft es nicht, diese armen Schwarzen zu brechen. Sie beugen sich, aus Gewohnheit.«

Ich hasse es, zu lange am selben Ort zu sein. Ich hatte eine deutliche Wahrnehmung, wie sich der Staub auf den Möbeln absetzte. Die Gegenstände haben ihre eigene Einsamkeit.

»Die Straßen sind trocken und steinhart. Rote Straßen inmitten von ockergelbem Wald. Der Himmel ist riesig, sehr blau, und von frühmorgens an färbt er alles blau, was sich über eine gewisse Höhe aufrichtet.«

Ana hatte sich wie in einem vertraulichen Gespräch zu ihr gebeugt.

»Abends stellten wir Speere um das Auto herum auf. Wir steckten auf jeder Seite einen ins Gras. Der Vorsicht halber. Nicht wegen der Raubtiere, sondern wegen der Diebe.«

»Hör auf!«

Die Köpfe der beiden Frauen fuhren gleichzeitig zu mir herum. Mama betrachtete mich mit neuerlicher Verwunderung, während sie ihren Monolog unbeirrt fortsetzte.

»Die Regenzeit beginnt im Mai.«

»Das reicht, Mama! Du warst nie dort. Du hast nie einen Fuß auf afrikanischen Boden gesetzt.«

Ana zuckte zusammen. Sie warf mir einen missbilligenden Blick zu und schürzte mit einem Ausdruck von Kritik die Lippen.

»Die Gartenrotschwänzchen brechen im Oktober nach Senegambien auf und kommen im April wieder zu uns zurück.«

Offenbar ist das Alter ein Vakuum, das um jeden Preis danach verlangt, gefüllt zu werden. Aber was soll das bringen, sich Erinnerungen zu erfinden? Ich stand auf, nur um mich im nächsten Augenblick widerwillig wieder hinzusetzen.

»Überall auf dem Land laufen wilde Büffel herum. Sie mögen die Weißen nicht. Man darf ihnen nicht zu nahe kommen. Sie greifen Weiße an, wenn sie sie sehen. Es regt sie auf. Es bringt sie so in Rage wie bei uns die Farbe Rot«, fuhr Mama wichtigtuerisch fort.

Ich erhob mich und stellte mich direkt vor sie hin. Mit lauter Stimme und überdeutlich, so wie man mit Schwerhörigen spricht, sagte ich: »Du hast noch nie einen Fuß nach Afrika gesetzt.«

»Carlo, beruhige dich!«, sagte Ana. Ihre Hand lag noch immer auf Mamas Oberschenkel.

»Die Bienennester …«, fuhr sie fort, ausschließlich an sich selbst gewandt, »… sind in diesem Land kleine Löcher in den Bäumen. Die Honiganzeiger flattern um die Menschen herum, um ihre Aufmerksamkeit zu erregen. Sie lassen nicht ab, bis man ihnen folgt. Sie zeigen einen Baumstamm an. Die Menschen greifen ihn an. Sie nehmen den Honig, und der Vogel frisst die Larven. Jeder kommt dabei auf seine Kosten.«

Ich fasste sie an den Schultern und hatte gute Lust, sie zu schütteln, um die absurden Mäander ihres Geistes zu unterbrechen und ihre Gedanken wieder an Ort und Stelle zu bringen.

»Lass sie!«, beschwor mich Ana sanft.

»Manchmal führen sie die Menschen nicht zu einem Bienennest, sondern zum Nest einer giftigen Schlange oder geradewegs in den Schlupfwinkel eines Löwen. Vögel sind boshafte Geschöpfe. Sie können einen täuschen. Aua! Lass mich los! Du tust mir weh!«

Sie hatte vor Schreck laut aufgeschrien.

»Gibt es ein Problem, Madame Weiss?«

Von weitem klang die Stimme des Direktors herüber. Er hatte von seinen Unterlagen aufgeblickt und schaute besorgt in Richtung des kleinen Salons.

Ich ließ Mama los und richtete mich wieder auf.

»Schon gut. Alles in Ordnung«, rief ich ihm zu.

»Noch einen Wermut?«, fragte Scheidegger.

»Nein, nein, danke.«

Ich setzte mich wieder hin. Ana hatte einen Arm um Mamas Taille geschlungen, als fürchte sie, diese könne das

Gleichgewicht verlieren und vom Rand des Sofas auf den kleinen Beistelltisch stürzen. Ich schaute zu Ana. Sie sah mich traurig an. Ich wandte den Blick ab und schaute zum Fenster.

»Herr Ober!«

Er räumte die leeren Gläser ab.

»Madame?«

»Können Sie mich bitte auf mein Zimmer begleiten?«

»Selbstverständlich, Madame.«

Er stellte sein Tablett ab und fasste sie unter den Achseln, um ihr aufzuhelfen. Voller Vertrauen und ohne jede Anstrengung ließ sie es geschehen, als käme sie einer Aufforderung zum Tanz nach.

Noch lange, nachdem die Aufzugtüren sich mit einem leisen Geräusch geschlossen hatten, blieben wir schweigend sitzen. Ana zog ihr Telefon heraus, und der blaue Schein des Bildschirms machte ihr Gesicht hart. Mehrere Minuten verstrichen, in denen ich um einen zuversichtlichen Gedanken rang: Von jetzt an konnte niemand mehr Mama verstehen. Mit dem allmählichen Verschwinden ihres Fleisches hatte sich auch ihr Geist aufgelöst, so als hätte zwischen den Formen ihrer Schönheit und ihrer Intelligenz eine enge Beziehung bestanden. Sie verlor jetzt endgültig den Verstand, was, alles in allem, nur dem vorgezeichneten Lauf der Dinge entsprach.

Ana steckte ihr Handy weg, und unsere Blicke blieben gleichzeitig an dem kleinen rosaroten Päckchen hängen, das auf dem Tisch liegen geblieben war. Es war ein Geschenk von Agon für Mama. Wir schauten uns an. Sie hatte diesen zärtlichen Ausdruck, der jegliche Ausflucht unmöglich machte.

»Ich gehe zu ihr hinauf.«

Ich schob die Tür zu ihrem Zimmer auf, die nur angelehnt war. Ein paar Gegenstände lagen unter der Nachttischlampe, ein zusammengelegtes Kleid auf der Tagesdecke des Betts, die Schulmappe mit den Zeichnungen und der Gouache-Kasten auf der heruntergeklappten Schreibplatte des Sekretärs. Und der Parfümduft, den ich seit Jahren kannte, immer schon vermutlich, hing im Raum. Mama nahm nicht viel Platz ein. Ich ertappte mich dabei, dass ich mich so reduziert wie nur möglich bewegte und dabei noch das Gefühl hatte, einen Hausfriedensbruch zu begehen. Ich kam mir tatsächlich vor wie ein Einbrecher und setzte die Füße mit übertriebener Achtsamkeit auf den Teppich. Das schmucke, altmodische Zimmer, in dem sie logierte, war womöglich dasselbe, das sie mit ihrem deutschen Grafen bewohnt hatte, und das große, geschnitzte Holzbett womöglich dasselbe, das sie mit ihm während des Kriegs geteilt hatte.

Sie war verschwunden.

Die Balkontür stand offen. Ich erspähte ein Stück von einem Bein.

Ich trat näher. Sie saß mit Blick auf die grasigen Hänge, die in Stufen bis zu den ersten Häusern des Dorfs hin abfielen, und genoss die Sonne, die um diese Jahreszeit die Atmosphäre in den Bergen heftig aufheizt. Sie achtete nicht auf mich, und so blieb ich mit meinem kleinen Päckchen in der Hand im Hintergrund stehen, ohne mich bemerkbar zu machen.

Sie gab komische, kurze und schnelle Laute von sich, indem sie mit der Zungenspitze am Gaumen schnalzte.

»Tek. Tek. Tek. Tek. Tek!«

Sie waren ins Leere gerichtet.

Zwischendurch erzeugte sie klackende Geräusche an den Zähnen des Oberkiefers. Der Klang änderte sich zu einem: »Thuit. Tac. Tac. Thuit.«

Ich meinte, einen deutlich anderen Klang auszumachen, woraufhin sie eine merkwürdige Kette von Lauten ausstieß: »Teuc. Teuc. Teuc. Fitt. Fitt. Teuc.«

Sie bildete Sätze, aber Sätze ohne Wörter.

Ich beugte mich geräuschlos ein wenig vor.

Ein winziger Vogel hüpfte auf dem Balkongeländer umher. Einige der Geräusche, die ich Mama zugeschrieben hatte, waren in Wirklichkeit aus der Kehle dieses unruhigen Vögelchens gekommen. Sein orangefarbener Schwanz bewegte sich krampfartig auf und ab, mit raschen Schwingungen, unterbrochen von ganz kurzen Pausen. Die Zuckungen verrieten, welche Anstrengung es ihn kostete, diese beinahe unangenehmen Laute hervorzubringen. Es hatte nichts von einem Gesang. Es klang eher wie das Geklirr von Küchenutensilien.

»Thuit. Tac. Tac. Thuit.«

Der Spatz antwortete: »Tek. Tek. Tek. Tek.«

Dann schwatzte wieder Mama. Sie blieb dabei vollkommen ernst.

Der Spatz machte: »Tui. Tui. Tui. Tui«

Wer hat behauptet, Vögel seien fröhlich? Verloren in der Unendlichkeit der Welt, schreien sie sich die Lunge aus dem Leib, um ihren Seelenverwandten zu finden, und schweigen, kaum dass ihre Instinkte befriedigt sind. Es war ein Schrei der Sorge, mühselig und kümmerlich, ohne Melodie. Mama antwortete genauso dünn und monoton.

»Tui. Tui. Tui. Tui«

Der Spatz war noch immer aufgeregt, reckte den Hals und

stieß als eine Art Abschiedsgruß ein letztes »Tek. Tek. Tek« aus.

Dann stürzte er sich ins Nichts. Mit kurzen, unregelmäßigen Flügelschlägen beschrieb er ein paar Wellenlinien und verschwand.

Mama machte keinen Mucks.

Ich hustete.

»Kof! Kof! Kof!«

Sie rührte sich nicht. Sie antwortete nicht.

»Kof! Kof! Kof!«

Schließlich blickte sie mich aus ihren großen grünen Augen an, die durch die unerbittliche Abmagerung ihres Gesichts noch größer geworden waren. Aber in diesen Augen wohnte kaum noch eine wache Seele.

»Das war ein Gartenrotschwänzchen.«

»Ich weiß.«

»Auf der Suche nach Wärme ist es in die Höhe aufgestiegen. Bald wird es nach Afrika aufbrechen. Jetzt ist die Zeit.«

»Ich …«

»Sie sammeln sich und bilden riesige Schwärme, bevor sie ihre Reise antreten.«

»Ich wollte dir nur sagen …«

»Gartenrotschwänzchen halten keine Gefangenschaft aus.«

»Mama, es tut mir leid wegen vorhin. Ich hätte mich nicht so aufregen dürfen.«

»Sie leben in der Nähe der Menschen, ohne diese kennenlernen zu wollen.«

»Hier.«

Ich hielt ihr das Päckchen hin. Sie riss das Geschenkpapier auf und öffnete die Schachtel.

Ich habe noch nie erlebt, dass sich jemand so über Süßigkeiten gefreut hat. Sie mutierte augenblicklich zu einem kleinen Mädchen, das alles um sich herum vergaß.

»Das sind die Geleebonbons, du weißt schon …«

»Wunderbar! Die kommen gerade recht.«

Wir nahmen den Weg nach Haut-de-Caux hinauf durch graues Gehölz. An den Hängen dominierte das strenge Grün der Tannen. Überall versperrten die Berge den Horizont.

Von oberhalb betrachtet war die Rückseite des *Grand National* nur ein Hof voller Müllcontainer, Dächer bedeckt von Auswüchsen in allen möglichen Formen samt Belüftungsrohren, Wassertanks und einem Gewirr von Kabeln.

Ich hatte Ana zu einer Wanderung überredet, bevor wir wieder in die Ebene hinunterfahren würden. Sie hatte mit einem Ausdruck sanfter Resignation die Augen niedergeschlagen. Sie hatte nicht die passenden Schuhe an, rutschte auf den glatten Steinen aus und verkeilte sich in den Rinnen, die das Wasser in den Weg gegraben hatte. Weil sie schon die bloße Vorstellung hasste, auf irgendjemanden angewiesen zu sein, streckte ich nicht die Hand aus, um ihr zu helfen. Durch die Anstrengung rötete sich ihre helle, sowieso schon rötliche Haut noch mehr, und ihr beschleunigter Atem erzeugte ein regelmäßiges Pfeifen, immer genau gleich, als versuche sie, einen Ton zu treffen.

»Da drüben gibt es eine flache Stelle.«

Die Wiesen waren mit langen, wirren, in der Sonne hart gewordenen Grashalmen bedeckt. Sie zögerte.

»Da kann uns vom Weg aus niemand sehen«, setzte ich hinzu.

»Also gut.«

Wir zweigten auf den Hang ab, und sofort erfasste uns ein frühherbstlicher Luftzug, der von den Bergen herunterwehte.

Wir suchten uns ein Plätzchen ohne Unebenheiten. Der oben trockene und darunter weiche Boden erzeugte unter unserem Körpergewicht Geräusche wie von raschelndem Karton. In erstaunlicher Geschwindigkeit entledigte sich Ana ihrer Kleider und war schon nackt, während ich gerade erst anfing, mich auszuziehen. Sie murmelte: »So warm ist es gar nicht.«

Sie hatte einen herrlichen Körper. Er hatte sich kaum verändert seit damals, als wir uns kennengelernt hatten. Nur auf ihren Händen und ihrem Gesicht hatte sich mit der Zeit eine Patina von Erschöpfung gebildet. Sie überkreuzte die Arme vor ihren Brüsten und hatte die Beine leicht gespreizt. Ihre Haut war an manchen Stellen ganz rosa, an anderen ganz weiß. Ihre Schamhaare hatten sich mit der Gänsehaut aufgestellt. Eine Lippe ihres Geschlechts war größer als die andere und bildete eine Art Muschel. Ein Wohlgefühl überflutete mich angesichts dieser offensichtlichen Vertrautheit im hellen Tageslicht, und ich musste unwillkürlich lächeln. Auf einmal fühlte ich mich gelöst und fest verankert auf der Erde.

»Beeil dich!«, sagte sie.

Ich legte mich auf sie. Sie schlang einen Arm um meinen Nacken und küsste mich mit offenem Mund, während ihre andere Hand sich zwischen uns schob und mich liebkoste. Anas Körper entfaltete sich. Alles an ihr gewann an Weite und ihre Gliedmaßen an Kraft und Unabhängigkeit. Sie fing an, über sich selbst hinauszutreten. Sie nahm mich zart in sich auf.

»Au!«

»Entschuldige«, flüsterte ich ihr ins Ohr.

»Ist nicht deine Schuld.«

Sie hob die Hüfte ein wenig an und fuhr fort: »Da muss ein Steinchen sein.«

»Warte!«

Aneinandergeschweißt rollten wir uns sacht hin und her, um uns eine Handbreit zur Seite zu verlagern.

»Da ist auch eines. Jetzt ist es noch schlimmer.«

Auf allen vieren tastete ich den Boden ab und suchte nach einem glatten Untergrund. Die Kühle der Bergluft drang mir zwischen die Pobacken, als ich mich vorbeugte, um eine Stelle auf Unebenheiten zu prüfen. Ana hatte sich aufgesetzt, die Arme über der Brust verschränkt, und blickte sich nervös um. Sie hatte ein Bäuchlein bekommen, eine hervorquellende Falte wie eine berührende, ferne Erinnerung an ihre Schwangerschaft.

»Schade, dass wir keine Decke dabeihaben«, sagte sie.

»Hier! Hier ist es ganz eben. Komm!«

Unmittelbar vor meinen Augen war ein mit roten und grünen Flechten bewachsener Felsen mit einem dicken gelben Strich obenauf, wie ein Schmiss. Unwillkürlich musste ich an meinen Vater denken. Ich sah ihn vor mir, in Wanderkleidung und mit einem kleinen Farbkübel in der Hand. Ein irgendwie bizarres Bild, dieser junge Weiss, ursächlich für den Zufall meiner Geburt. Als Versicherungsvertreter hatte er Klinken geputzt. Eines Tages klopfte er bei Favre an, der ihn zu einem Vertragsgespräch hereinbat. Vielleicht hatte der Lehrer ihm von den Ausflügen erzählt, die er mit seinen Schülern in die Chauderon-Schlucht unternahm, um ihnen allerlei Dinge beizubringen, auch über den Krieg, und über die Zugvögel.

Mama war da. Sie wohnte bei ihm. So lernten die beiden sich kennen. Er kam immer wieder, um sie zu treffen, und schließlich überredete er sie, mit ihm zu gehen.

Gerade hatte er einen dicken Pfeil aufgemalt, und weitere waren geplant, weiter vorn. Er lächelte mir zu, mit so einem komischen, traurigen Lächeln, als hätte er sich trotz all dieser Wegmarken verirrt. Das Bild verlosch auf einmal, weil Ana einen dünnen Schrei ausstieß, den ersten einer Serie dünner und ganz unterschiedlicher Schreie.

Ich vergrub das Gesicht in ihrem Haar. Das hier war vertrautes Land. Ihr stoßweiser Atem erzeugte einen Pfeifton in ihrer Kehle. Ana brachte Töne hervor, die man schwerlich auf einer Tonleiter fand, in ihren Lungen eingesperrte Klänge und Modulationen, die ihren ganzen Körper in eine Art Musikinstrument verwandelten.

»Hörst du das?«, flüsterte sie.

»Und wie!«

»Da kommt jemand.«

»Ja. Ja«, flüsterte ich nun ebenfalls.

Sie befreite sich mit einem Ruck von mir, der mich zur Seite kippen ließ.

»Hörst du nicht?«

Ich lauschte.

Von der abgewandten Hangseite waren Stimmen zu hören. Ana zog ihren Mantel um sich und versteckte ihre restlichen Kleider unter sich. Ich schlüpfte ohne Umschweife direkt in meine Hose und, mehr schlecht als recht, in meine Jacke. Vor dem Himmel jenseits des Geländes, das uns den Horizont versperrte, tauchten drei Schildmützen auf, mit drei Köpfen darunter, gefolgt von weiteren Wanderern, die direkt auf uns zukamen. Sie machten einen kleinen Bogen, um uns nicht in Verlegenheit zu bringen.

»*Grüezi mitenand!*«, riefen sie fast im Chor.

Die Wanderer marschierten ohne Unterbrechung weiter. Nur eine kampferhaltige Duftnote von *Tigerbalm* wehte noch hinter ihnen her, verflüchtigte sich jedoch rasch. Dann verschwanden sie hinter einer Kuppe.

Ana seufzte. Diese Widrigkeiten waren alles andere als ermutigend. Anscheinend sah ich ziemlich niedergeschmettert aus, was auch Ana nicht entging.

»Ist nicht schlimm«, sagte sie und schmiegte sich an mich.

Ich schob die Hand unter ihren Mantel und berührte ihre feuchte Haut. Sie zauste mir die Haare. Wir mussten achtgeben, uns nicht zu erkälten.

»Leg dich auf den Rücken.«

Sie hielt ihren Mantel fest, und seine Zipfel streichelten unsere Schenkel und Flanken. Ich sah, wie ihr Gesicht vor Erwartung unruhig wurde, während sie sich darauf konzentrierte, wie sich die Anatomie in ihrem Innersten entfaltete. Sie legte den Kopf in den Nacken und richtete den Blick in den Himmel auf der Suche nach einer Verbindung mit dem astralen Raum.

Plötzlich erstarrte sie. Ihr vertikaler Blick verlor schlagartig alles Vage und fokussierte stattdessen einen Punkt. Sie trennte ihr Geschlecht von meinem, und genau in dem Augenblick glitt ein Schatten für eine Sekunde über uns hinweg. Ein Gleitschirmflieger schwebte in geringer Höhe über uns und beschrieb Kreise in der Thermik, um sich weiter nach oben zu schrauben. Der behelmte Pilot saß unter dem rechteckigen violetten Schirm im Nichts.

»Kann er uns sehen?«

»Ich glaube nicht.«

»Ganz sicher kann der uns sehen.«

Der Schatten des Gleitschirms glitt am Hang entlang. Er passierte die Stelle, an der wir lagen, mit einem Meter Abstand, und der Mann, der da oben an den Seilen hing, fand die Zeit, uns kurz zuzuwinken.

»Verdammt«, stöhnte ich.

Wir zogen uns an und blieben Seite an Seite mit Blick aufs Tal sitzen, während das farbige Rechteck zu einem immer kleineren Punkt am Himmel wurde. Wir sahen ihm nach, wie er zum gegenüberliegenden Hang davongetragen wurde und verschwand. Ana wirkte bedrückt, in ihren Mundwinkeln hatte sich eine leichte Depression eingegraben. Das lag nicht nur am Debakel unseres vereitelten Schäferstündchens.

»Alles okay?«, fragte ich.

Sie zuckte mit den Schultern und sagte mit einem halbherzigen Seufzer: »Klar. Und bei dir?«

Ich antwortete nicht. Ihr Gesicht zeigte die Spuren jahrelanger Ermüdung. Dutzende winziger Falten verrieten ihr Alter, unter den Augen, auf der Stirn, am Hals, allerdings hauptsächlich horizontal, sie verliefen nicht nach unten.

Eine kraftvolle Klage, der ein seltsames, ersticktes *appogiatura* vorausgegangen war, erklang über unseren Köpfen.

»Was ist das?«

»Ein Vogel.«

»Was denn für einer?«

»Ich weiß nicht.«

Wir hörten ein Hämmern.

»Ein Specht«, sagte ich.

»Genau. Ein Specht.«

Wir blickten suchend in die nackten Zweige direkt hinter uns, ohne das Tier zu entdecken.

»Ich will weg.«

»Dann lass uns gehen.«

»Nein, nein, das meine ich nicht.«

»Ach so?«

»Nein. Weißt du … vom Krankenhaus.«

»Was ist mit dem Krankenhaus?«

»Ich will weg, weit weg. Es gibt ein Programm in Kambodscha. Ich habe mich für einen humanitären Einsatz angemeldet. Jetzt, wo Mina erwachsen ist und ihr eigenes Leben lebt …«

Die ferne Kammlinie der Berge mit ihren klar abgegrenzten Gipfeln, die Dent de Jaman zur Linken, ungewohnt einsam aus dieser Perspektive, als wäre sie inmitten der Viehweiden gepflanzt und bei den großen tektonischen Verschiebungen vergessen worden, die Ebene unter einem Dunstschleier und darin die noch etwas blassere Fläche des Sees, auf der Schweizer Seite flankiert von einem Leprageschwür von Gebäuden: Es gab nichts Beruhigendes in solch einer Landschaft, da war viel zu viel Leere. Alles wirkte zu klein im Großen und zu groß im Kleinen. Am Ende ermüdete es nur den Blick.

Als sie aufstand und sich dabei die Lenden hielt, ein wenig steif, weil wir zu lange auf dem kalten, feuchten Boden gesessen hatten, überflutete mich eine lästige Woge von Liebe.

Die Hütte trennte sich sanft vom Untergrund und schwebte ein paar bizarre Sekunden lang knapp über dem Boden. Dann richtete der Hubschrauber die spitze Nase nach unten und stieg in die Luft.

Agon hatte die Hände unterm Kinn verschränkt und schien zu beten. Ein paar Meter hinter ihm stemmte sich Neto gegen den Orkan. Noch weiter weg stand Borek, stoisch, fast wie in Habachtstellung, vermutlich gemäß seiner Gewohnheit, sich in extremen Situationen stocksteif zu machen. Im weiteren Umkreis des Geschehens wohnten andere Schrebergartenbesitzer der Operation bei, und in noch größerer Entfernung waren schaulustige Jogger stehen geblieben.

Kostproben des Gemüsesortiments aus dem Gärtchen wirbelten in einer Staubwolke herum. Alles im Umkreis, was nicht niet- und nagelfest war, wurde in die Luft gehoben. Die Bohnenstangen schüttelten sich, ihre höher und höher aufsteigenden biegsamen Stiele rollten sich samt den daran hängenden Blättern in dem Luftstrudel auf, bis sie sich endlich ganz von allen Banden befreiten. Eine kleine, noch unreife Tomate flog in hohem Bogen davon und landete weit weg auf dem Weg. Die Kohlköpfe, die Zucchinigewächse, die Kürbisse – alles wurde von der Wucht des Auftriebs entwurzelt und nacheinander in den Wirbelsturm hineingezogen.

Die Stadt hatte gute Arbeit geleistet. Leute vom Zivilschutz bereiteten seit zwei Tagen den großen Umzug vor. Sie hatten

Löcher unter der Hütte gebohrt und aufblasbare Kissen hineingelegt, um die Hütte vom Boden zu trennen, hatten dann, Zentimeter für Zentimeter, einen Holzrahmen eingeführt, auf dem das komplette Fundament stehen konnte, hatten das Dach gesichert, die Fenster abgedichtet, an potenziellen Reibungspunkten dicke Lagen Schaumstoff angebracht, und schließlich das Ganze mit Stahlseilen verzurrt.

Der Pilot erwischte den richtigen Winkel. Binnen Sekunden stieg die ganze Konstruktion senkrecht in die Höhe und schwebte in Richtung Autobahn davon.

Niemand rührte sich. Der Himmel über unseren Köpfen hatte auf einmal eine ungewohnte Präsenz.

Die Arbeiten an dem großen Fußballstadion sollten noch Ende des Jahres beginnen. Den Pächtern der Schrebergärten war zugesichert worden, dass sie in den ersten Herbsttagen, bevor die Baustelle eröffnet wurde, das Gelände betreten und ernten konnten, was zu ernten war. Eventuelle Plünderer machten Agon weniger Sorgen als der Gedanke, dass in einem Garten, wo niemand regelmäßig ein Auge darauf hatte, wie sich alles langsam veränderte, die Natur bald ausufern würde: »Da wird nicht viel rauskommen! Ein Garten überlebt das Verschwinden des Gärtners nicht«, merkte er seufzend an.

Unser Grüppchen ging die Avenue Pivoine entlang. Einige Pächter hatten sich entschieden, nicht umzuziehen, sondern ihre Häuschen zu verkaufen. Diese waren inzwischen auf Lastwagen verladen worden. In den klaffenden Löchern verloren sich die lehmigen Spurrillen im leeren Raum. Das Fehlen jeder Ordnung ringsum verlieh den Gärtchen schon jetzt einen Anschein von Verwüstung. Die Nationalflaggen waren eingeholt worden.

Neto schnäuzte sich. Wir hatten alle gerötete Augenlider, verstopfte Nasenlöcher und die Haare voller Gipsstaub.

»Das wird bestimmt ein sehr schönes Stadion.«

Agon klopfte ihm freundschaftlich auf die Schulter.

»Das Stadion. Es kriegt den besten Rasen der Welt. Mit einem Boden, der fast ein halbes Jahrhundert lang bewirtschaftet und gedüngt wurde«, setzte Neto noch hinzu.

Der Helikopter flog leer über uns hinweg. Er war im Pendelverkehr. Wir erreichten den Rand der Gartenkolonie.

»Nehmen wir die Abkürzung über die Autobahn?«

»Dann müssen wir da rüber.«

»Ist kein Problem.«

Wir hörten eine Klingel. Eine Familie auf Fahrradausflug wollte vorbei. Der Vater zog einen Anhänger mit zwei Kindern darin, eine Art Miniaturzelt auf einem Alugestell. Er schaute uns an wie Immigranten, was wir ja auch waren, und korrigierte dann minimal seinen Kurs.

»Antoine, pass auf!«, schrie seine Frau. Sie machte einen Schlenker, rollte auf den Rasen und landete mitten in einer Familie, die sich zum Picknick auf Decken niedergelassen hatte.

Auf den Wegen, die Spielplätze und andere Freizeitareale bis hinunter zum Seeufer miteinander verbanden, tummelten sich Spaziergänger und Freizeitsportler aller Art.

»Nehmen wir die Abkürzung an den Tennisplätzen vorbei«, schlug Agon vor.

Wir gingen einen recht steilen Hang hinunter, sprangen über einen Graben, kletterten mühsam den Gegenhang wieder hinauf und standen vor einem Metallgitter mit einem Verbotsschild.

»Mist.«

»Weiter vorn gibt's ein Tor im Zaun«, wusste Neto.

Wir folgten dem Hindernis zwanzig Meter weit.

Borek, dessen große Hände ständig irgendein nützliches oder auch nutzloses Utensil hervorzuzaubern schienen, holte ein Stück Eisendraht aus seiner Tasche.

»Kennst du dich mit sowas aus?«, fragte Agon.

»Schon …«

Es gab ein klickendes Geräusch im Inneren des schweren Schlosses.

»… aber, das war früher.«

Wir kamen uns ausgesprochen pfiffig vor, als wir, einer hinter dem anderen, den breiten, nackten, glatten Betonstreifen betraten. Nach ein paar Metern schlug das Gefühl jedoch in Beunruhigung um, wie bei Tieren auf der Treibjagd, die sich plötzlich im offenen Gelände mit unbegrenztem Blickfeld wiederfinden.

Von weitem ein Motorengeräusch. Wie aus dem Nichts – vermutlich hatte sie auf dem Seitenstreifen im Schatten gestanden – tauchte eine Polizeistreife auf. Mit einer Vollbremsung und quietschenden Reifen kam der Wagen kaum zwei Meter vor unseren Zehenspitzen zum Stehen, und im nächsten Moment sprangen zwei Beamte heraus.

»Darf man fragen, wohin Sie so nett unterwegs sind?«

Wir blieben wie erstarrt stehen, instinktiv Seite an Seite. Agon antwortete: »Wir wollen zum Parc Bourget.«

»Die Überquerung der Autobahn ist verboten.«

Die beiden Polizisten schienen im Geiste ihre Optionen durchzugehen, während sie den Griff ihrer Pistole am Gürtel berührten, als müssten sie sich vergewissern, dass diese noch da war. Mir schoss durch den Kopf, dass keiner von uns seine Ausweispapiere dabeihatte.

»Aber … es besteht doch gar keine Gefahr, Herr Polizist«, wagte sich Neto vor.

Die Sperrung der Autobahn war eine reine Vorsichtsmaßnahme, solange der Hubschrauber darüber hin und her flog, damit nicht Teile einer Hütte auf den Verkehr stürzten.

»Darum geht es nicht.«

»Wir wollen zu den neuen Gärten …«

»Die Autobahn zu überqueren ist verboten.«

»Es ist eine Abkürzung, und wo doch …«

»Wie sind Sie überhaupt hereingekommen?«

»Bei dem Tor im Zaun …«

»Schau mal nach!«, befahl derjenige, der der Chef zu sein schien, dem anderen, der ganz offenbar nicht der Chef war.

»Wir stehen mitten auf der Fahrbahn, Herr Polizist. Sollten wir nicht lieber auf den Seitenstreifen gehen?«, fragte Neto.

»Jetzt werden Sie bloß nicht noch frech!«

Agon presste seine Hand, die zitterte, an die erdverkrustete Hose. Er hatte ein komisches Grinsen auf den Lippen, wie jemand, der sich darauf konzentriert, selbstsicher zu wirken, und gleichzeitig hofft, nicht aufzufallen.

»Das Tor ist offen, Chef.«

Der Polizist verzog das Gesicht und wackelte unschlüssig mit dem Kopf, und weil seine taillierte Uniform die obere Hälfte seines Körpers fest mit der unteren verband, bewegte sich auch das ganze Zeug mit, das er um die Hüfte hängen hatte.

Unter Polizeieskorte marschierten wir schließlich den Weg zurück, den wir gekommen waren, und schlugen die korrekte Route ein.

Überall schritten Männer und Frauen ihre neuen Grundstücke ab, auf denen völlig verloren ihre Hüttchen standen. Das weite, nach allen Seiten hin offene Gelände, sah aus wie ein behelfsmäßiges Flüchtlingslager nach einer Naturkatastrophe. Die zwei breiten Hauptwege, die etwas schmaleren Querwege und die Ränder der Parzellen, Letztere markiert mit Stangen und Seilen, waren mit weißer Farbe aufgemalt, ähnlich wie die Linien eines Fußballfelds.

Wir konnten Neto zuwinken, der rechts von uns damit zugange war, seine Sachen aus dem Container zu räumen, und Borek, der einen Entwässerungsgraben rings um sein Viereck zog.

»Sie haben es entsteint und Dünger verteilt. Da kann man nichts sagen. Das ist sorgfältig vorbereitet«, sagte Agon leise, als schüchtere ihn das Fehlen jeglicher Begrenzungen ein.

Er richtete sich auf und ließ langsam etwas Erde durch seine Finger rieseln. Er trug einen Pullover, den ihm Madame Jaquet gestrickt hatte, während er im Krankenhaus lag. Nachdem er entlassen worden war, hatte er endlich sein Versprechen einlösen und sie ein paar Mal nachmittags zu kleinen Waldspaziergängen mitnehmen können.

Sie hatte seine Größe unterschätzt, und so sah Agon jetzt aus wie ein kleiner Junge, der von einem Winter zum nächsten zu schnell gewachsen war. Der flaschengrüne Pulli, in dem er unter seinen letzten Verbänden schwitzte, hatte auf der Brust als Motiv ein großes A in Orange. Der fette Buchstabe verzerrte sich bei jeder Bewegung und schien diese wie ein Ausrufezeichen zu kommentieren.

»Hier muss ein Weg zwischen den Frühbeeten angelegt werden«, murmelte er und schritt dabei eine imaginäre Linie ab.

Er war gerade im Kapitel »Alles beginnt von vorn«. Mit runden Bäckchen und zusammengekniffenen Augen schien er abzuschätzen, wie lange es wohl dauern würde, bis die Hecken und Bäume eingewachsen waren und das *No Man's Land*, auf dem die Hütte jetzt stand, sich in eine grüne Landschaft verwandeln würde.

Am Ende seines virtuellen Gärtchens angelangt, machte er kehrt und spazierte sichtlich beruhigt auf einem von immateriellen Birnbäumen und Rüben gesäumten Weg zurück, hochzufrieden und beinahe aufgekratzt, den Kopf voller Ideen für die zukünftige Gartengestaltung.

Wir suchten gemeinsam das schönste Gemüse aus, das wir im alten Gärtchen geerntet hatten. Agon schloss den Herd in der Hütte an, dann holte er Madame Jaquet im Altenheim ab, während ich in der wiedererrichteten Laube den Tisch deckte.

Die Dämmerung senkte sich allmählich über die Hütte und das diffuse Gelände. Dem Gesetz folgend, dass nichts verloren geht, kehrte die Feuchtigkeit, die im Verlauf des Tages zum Himmel aufgestiegen war, nun in Gestalt einer leichten Brise wieder zurück.

»Monsieur Weiss, Ihr Vorname ist italienisch?«, fragte mich Madame Jaquet.

»Mein Großvater war Italiener.«

»In der Fabrik kannte ich ein Mädchen namens Clara. Eine Freundin.«

»Mein Großvater war gleich nach dem Krieg – dem ersten – in die Schweiz gekommen, um hier sein Glück zu versuchen«, führte ich aus.

»In der Fabrik gab es viele Ausländerinnen. Viele Italienerinnen.«

»Haben Sie lange dort gearbeitet?«

»Ich bin Schneiderin. Ich war neunzehn, als ich in die Schweiz kam. Wir fertigten Strümpfe und Strumpfhosen.«

»Bei Iril?«

»Genau.«

»Unser Chef sagte, Frauen seien in der Lage, monotone Tätigkeiten dauerhaft auszuüben, die Männer ermüden würden. Als die Firmenleitung Männer für die Abendzeiten einstellte, in denen wir von Gesetzes wegen nicht arbeiten durften, hielten die nicht einmal ein Jahr durch.«

Sie blickte mit einem Seufzer auf ihre Hände hinunter, mit denen sie ihren Lebensunterhalt verdient hatte.

»Es ist schon seltsam. Sie sind der einzige Teil meines Körpers, der nicht verbraucht ist.«

Sie wandte sich an Agon.

»Es schmeckt köstlich. Die leicht karamellisierten Zucchini, die knusprigen Lauchzwiebeln, die im eigenen Saft geschmorten Tomaten …«

»Danke, Edith.«

Agon genießt es prinzipiell, von einer Frau angehimmelt zu werden. Da spielt es auch keine Rolle, wenn diese fast achtzig ist.

»Ich beneide Ihre Mama, Monsieur Weiss.«

»Ach ja?«

»Immerhin … das feine Leben in einem Luxushotel.«

»Sie verbringt ihre Zeit damit, Vögel zu zeichnen.«

»Nein, wirklich?«

»Sie beobachtet sie im Park. Sie hat einen Kasten mit

Gouachefarben dabei. Fast wie ornithologische Bildtafeln in einem …«

Eine lange Pause entstand.

»Bei uns empfangen die Vögel die Seelen der zu jung verstorbenen Mädchen«, merkte Agon schließlich an.

Ich zuckte mit den Schultern. Legenden lassen mich kalt, vielleicht weil ich in einem Land geboren bin, das sie seit langem nicht mehr bewahrt.

Ich erzählte ihnen von den in Volieren verwandelten Zimmerfluchten, den Käfigen auf den Balkonen, und wie von Bullion und Mama verletzte Vögel pflegten, etwa indem sie gebrochene Läufe von Spatzen mit Zahnstochern schienten, oder wie sie in Champagnerkübeln, für die infolge des Kriegs keine Verwendung bestand, aus alten Lumpen Nester bauten.

»Sie verbrachten ganze Tage oben in den Bergen rund um die Dent de Jaman, den vorstechenden Gipfel der Gegend, und beobachteten mit Ferngläsern die Raubvögel in den Felswänden und Nischen und die Schwärme von Zugvögeln.«

»Von Bullion? Was für ein lustiger Name. War er älter als sie?«, fragte Madame Jaquet.

»Ja. Um einiges.«

»Nämlich?«

»Er muss so um die vierzig gewesen sein, während sie siebzehn war.«

»Und Ihr Großvater?«

»Er hat sich mit dem Grafen angefreundet.«

Als Mussolini am Tag nach der Eroberung von Addis Abeba durch das italienische Afrika-Corps in Rom das Imperium ausrief, hatte mein Großvater im Laden, gut sichtbar über dem Korb mit den Baguettes, ein Porträt des Duce angebracht.

Er hatte beschlossen, an seinen freien Tagen ein schwarzes Hemd zu tragen, dazu kam die für seine Zunft typische Baskenmütze, die er praktisch gar nicht vom Kopf nahm, und so musste er, wenn er sonntagnachmittags mit seinen Landsleuten aus dem Kreis Montreux *Bocce* spielte – Hotelangestellte, Gärtner, Bauarbeiter oder Chauffeure, die hinaufwanderten, um die gute Luft zu atmen –, ein bisschen wie ein *Arditi* ausgesehen haben. So trafen sich der deutsche Aristokrat und der italienische Handwerker, durch ein gemeinsames Schicksal vereint, hin und wieder im Dorf-Café, um über die neuesten Nachrichten zu diskutieren.

»Und wie ging das Ganze aus? Ich meine … für Ihre Mutter?«

»Eines Tages – es war Anfang 1945, im März oder April – kommt sie ins *Grand National,* und der Direktor ist vollkommen außer sich. ›Der Vogel ist ausgeflogen! Der Vogel ist ausgeflogen!‹ schreit er die ganze Zeit wie wahnsinnig.«

Er dachte an die Rechnung für den langen Aufenthalt, eine halbe Etage für fast drei Jahre, Mahlzeiten, für die er seinen ganzen Einfallsreichtum und alle möglichen Tricks und Listen hatte aufbieten müssen – ein ständiges Versteckspiel mit den Bundesinspektoren, die, je mehr sich der internationale Konflikt seinem Ende näherte, immer gewiefter wurden bei ihrer Jagd nach Schwarzhändlern –, eine Rechnung, auf der er, abgesehen von ein paar läppischen hinterlegten Pfandgegenständen und bescheidenen Vorschüssen, sitzenbleiben wird. Er versuchte, telefonisch den Bahnhof von Montreux zu erreichen, den Bahnhofsvorsteher zu sprechen, ob er nicht einen Deutschen mit Gepäck auf dem Bahnsteig in einen Zug nach Zürich habe steigen sehen.

Mama war die Treppe bis in den dritten Stock hinaufgerannt. Das Zimmermädchen warf im Gang das nach Guano stinkende Bettzeug auf einen Haufen. Alle Käfige auf den Balkonen waren geöffnet. Das Zimmermädchen berichtete ihr, dass der Graf nicht im Hotel übernachtet hatte, aber dass ein Brief für sie auf dem Tisch lag.

»Er ist einfach so abgereist, ohne ein Wort?«

»Ja.«

»Und der Brief, was stand darin?«

»Ich weiß nicht. Favre hat mir nur erzählt, dass es einen Brief gab.«

»Favre?«, fragte Madame Jaquet nach.

Ich erzählte ihr von meinem Treffen mit dem alten Lehrer, der einmal ein junger und leidenschaftlicher Lehrer der Naturgeschichte war.

»Dieser von Bullion, war das ein Nazi?«

»Nein. Nein. Er hat die Flucht ergriffen, weil er die Rechnung nicht bezahlen konnte. Mit der Niederlage war er nicht mehr kreditfähig, und ihm war klar, dass man seine Schulden bei ihm einfordern würde. Er wollte, glaube ich, seine Eltern aufsuchen. Sie waren vor den anrückenden Russen in den Westen des Landes geflohen.«

»Und sie hat ihren Geliebten nie wiedergesehen?«

»Nein. Favre sagte mir, er sei schließlich in Deutschland geblieben. Aber seine Güter hat er nicht zurückbekommen.«

Die Grundstücke mit dem Wohnhaus der Familie – ein bescheidenes Schlösschen offenbar – lagen in dem von der Roten Armee besetzten Gebiet und dann in der russischen Besatzungszone jenseits des Eisernen Vorhangs. Von Bullion bekam von der Universität Hamburg einen Posten in der Lehre angeboten. Favre hatte mir einen Band über das Gartenrotschwänzchen gezeigt, den von Bullion Ende der fünfziger Jahre geschrieben hatte.

»Er ist nach Senegambien gereist, wo sie überwintern, um sie dort zu studieren«, fügte ich noch hinzu.

»Favre?«

»Nein. Von Bullion. Von Bullion ist nach Senegambien gereist. Ich glaube, dass Mama nicht bloß einen Flirt mit Favre hatte. Er war da, um sie zu trösten. Eine Zeit lang hat sie bei ihm gewohnt. Am Tag des Siegs über die Alliierten haben ein paar Idioten mit *Petanque*-Kugeln die Scheiben der Bäckerei meines Großvaters eingeworfen.«

»Und dieser Graf? Was ist aus ihm geworden?«

Laut Favre war er vermutlich in der ersten Hälfte der siebziger Jahre gestorben, genau wusste er es nicht. Angeblich hatte er einen Schlaganfall erlitten und infolgedessen, nebst vielem anderen, auch die Namen sämtlichen Federviehs vergessen. Die Krankenschwestern der Klinik, in der er versuchte, seine Fähigkeiten wiederzuerlangen, hatten ihn Tag für Tag ins Museum begleitet und vor die Vitrinen mit den ausgestopften Vögeln gestellt, um seine Erinnerung wieder zu aktivieren.

»Favre hat mir was Komisches erzählt. Von Bullion erinnerte sich nur noch an ihren Gesang. Er summte, und manchmal fiel ihm dann der Name des ausgestopften Vogels vor seinen Augen wieder ein. Die Melodie war es, die ihm im Gedächtnis geblieben war, ganz tief eingegraben …«

Es trat eine lange Pause ein.

Madame Jaquet schlang sich ihren Schal fester um den Hals. Ihr enges Kostüm komprimierte sie von allen Seiten, amalgamierte ihre empfindlichen Körperteile, und sie zitterte auf einmal am ganzen Körper.

»Ich weiß nicht, ob ich mich nach Ihrer Mutter noch einmal an eine neue Zimmergenossin gewöhnen kann, Monsieur Weiss. Sie ist zwar nicht gerade redselig, aber wir haben uns gut aufeinander eingestellt.«

»Sie kommt schon zurück. Sie kann ja nicht ewig im *Grand National* bleiben.«

»Ja … ich habe auch ein bisschen die Hoffnung. Ich habe mir gesagt, dass diesmal ich als Erste gehen möchte.«

Agon stand auf. Das A auf seinem Pulli entfaltete sich zu einem stummen Ausruf. Er verschwand in der Hütte und kehrte kurz darauf mit einer kleinen Papiertüte zurück. Wir bedienten uns reihum.

Wir waren uns absolut einig: Altenheime mit Wunderkugeln zu beliefern wäre eine gute Maßnahme zur Förderung der allgemeinen Gesundheit. Man sollte immer welche in Reichweite haben. Schon allein der Gedanke daran verschafft einem Entspannung. Agon nahm sich allen Ernstes vor, die Heimleiterin höchstpersönlich darauf anzusprechen.

Er betrachtete seine Flagge, die über dem rechteckigen Stück Brachland wehte. Wir hatten das Gefühl, die Welt könne ein anziehender Ort sein.

Jedwede Regierung mag getrost jedwede Autorität ausüben, solange sie zulässt, dass große und kleine Xanadus erblühen und sich entfalten dürfen, private Paradiese oder geschlossene Festungen, je nach den Möglichkeiten des Einzelnen, mitunter vielleicht begrenzt auf einen Streifen Erde, auf dem, liebevoll gehegt und gepflegt, Kartoffeln wachsen, jedenfalls Xanadus, in denen nichts gekauft und nichts verkauft wird. Es braucht die Existenz solcher Blasen, damit der Kapitalismus gut funktionieren kann, meinte Agon.

In den neu erstehenden Gärtchen würden Rentner, die ihr Leben lang hart geschuftet hatten, im Rhythmus der Jahreszeiten den unumkehrbaren Fluss der Zeit zu verlangsamen suchen, würden Arbeiter aus den Hochhausblöcken der Peripherie im kleinen Stil ihrem Willen als Chef freien Lauf lassen, und würden junge Einwandererpärchen ein verpflanztes Stückchen Land ihrer Heimat erhalten und wie ihren Augapfel hüten.

Ich ging in den engen vier Wänden der Toilette meinem Bedürfnis nach, als sich plötzlich eine Taube auf die milchige Glasscheibe des kleinen Fensters stürzte, wie wild mit den Flügeln schlug und fast eine Minute lang hartnäckig gegen das unsichtbare Hindernis ankämpfte. Vögel verhalten sich eigentlich nicht so stur. War denn das gesamte Federvieh der Stadt unter dem Einfluss eines kraftvollen Magnetfeldes verrückt geworden? Oder stellte der Vogel, der sich mein Fenster ausgesucht hatte, eine Ausnahme dar, handelte es sich dabei um ein ausgesprochen gestörtes Exemplar seiner Spezies? So würde er jedenfalls Frikassee aus sich machen.

Ich streckte den Arm aus, um ihm zu öffnen. Durch den Schwung, den er hatte, prallte er von der Mauer ab wie ein Ball und fiel schlaff zu Boden. Er schüttelte sich, stieß ein unterirdisches Gurren aus, wohl ein Ausdruck seiner Erleichterung darüber, noch am Leben zu sein, ohne allzu viel Federn gelassen zu haben. Dann sprang er auf den Rand des Waschbeckens, verharrte dort in einem prekären Gleichgewicht, fixierte mich einen Moment lang mit seinem runden Auge, als wolle er mir etwas mitteilen, und flog schließlich davon.

Ich lehnte mich aus dem Schlafzimmer-, dann dem Wohnzimmerfenster, und versuchte den durchgeknallten Vogel auf den Dächern auszumachen, aber vergebens. Er war wieder in die Anonymität inmitten seiner Artgenossen entschwunden.

Momentan wusste ich dieser Episode keinen Sinn beizumessen.

Wie ein Fremder setzte ich mich an den kleinen Tisch in der Küche und trank ein Glas Wasser, bevor ich gleich ins *Penalty* hinuntergehen wollte. Wir hatten den Tag damit verbracht, eine Hecke zu pflanzen, von der Sorte, die sich zu einer Laube formen und mit der Zeit ganz der Architektur des Hauses anpassen, das sie vor Blicken schützen. Agon hatte mich plötzlich scharf gemustert. Er wollte meine Mutter besuchen. Er wollte sie kennenlernen. Diese alte Mama war für ihn eine Heldin, eine Art Abenteurerin, und ich musste ein bisschen etwas von ihr haben, weil ich es so eingerichtet hatte, dass sie in einem Luxushotel wohnen bleiben konnte.

Es war Samstag. Wir hatten uns frei genommen und wollten zusammen zum *Grand National* fahren.

Agon hatte sich offenbar am Radio sattgehört und schaltete das Gerät ab. Mit starrem Nacken starrte er auf die Straße vor uns, als könne sie sich im nächsten Moment in ein gähnendes Loch verwandeln. Vor allem aber waren da die Haarnadelkurven, die ein starkes Abbremsen erforderten und dann seinen ganzen Körpereinsatz beim Kurbeln des Lenkrads, um den Lieferwagen in die Gegenrichtung zu lenken und wieder bergauf zu beschleunigen. Sein eigenwilliger Geruch, eine Mischung aus sauren Äpfeln und verbranntem Holz, hing in der Fahrerkabine wie eine permanente Umarmung.

Als wir die letzte Serpentine in Angriff nahmen, schaute für einen Moment das Dach des *Grand National* über den Tannenwipfeln hervor.

»Wir sind da.«

»Wo soll ich parken?«, fragte Agon.

»Da, rechts.«

Wir rollten noch ein paar Meter über den weißen Kies und blieben dann unter einer Birke stehen, die bereits ihre Blätter zu verlieren begann.

»Sie ist noch nicht heruntergekommen«, informierte uns Scheidegger.

Er schenkte mir ein breites Lächeln, während er Agon aus dem Augenwinkel beobachtete, auf der Hut wie ein Boxer, der jederzeit bereit ist, einen Schlag zu parieren.

»Aber es kann nicht mehr lange dauern. Sie kommt immer um diese Zeit, weit vor dem Mittagessen«, erklärte er.

Agon stützte die Ellbogen auf den Empfang und lehnte sich mit dem Oberkörper vor wie ein Verdurstender am Tresen einer Bar. Was Scheidegger augenblicklich dazu veranlasste zurückzuweichen.

»Ich unterhalte mich häufig mit Ihrer Frau Mama«, sagte er, ausschließlich an mich gewandt, jedoch ohne Agon aus den Augen zu lassen. »Was für eine Frau! Was für eine Abenteurerin! Die Migration der Vögel, ist das nicht ein solches Geheimnis? Ah! Und Afrika! Die Silberreiher in den Sümpfen, die Löwen, die nachts ums Lager streichen …«

Ich hatte keine Lust auf sein Geschwätz und schnitt ihm das Wort ab: »Wir warten nebenan auf sie.«

»Ein großartige Idee. Es kann jetzt nicht mehr lange dauern«, fühlte sich Scheidegger bemüßigt hinzuzufügen.

»Genau.«

»Soll ich Ihnen einen Aperitif bringen lassen?«

»Drei Dezi bitte.«

»Vom Montreux?«

»Vom Montreux, ja, danke.«

Wir ließen uns im kleinen Salon nieder.

Nachdem sich Agon einen Augenblick gesetzt hatte, stand er sofort wieder auf und wanderte umher, um die Skulpturen und Schmuckgegenstände näher zu betrachten. Er konnte es sich nicht verkneifen, sie zu berühren, sie in die Hand zu nehmen und zu wiegen, wieder hinzustellen, und so arrangierte er bei seiner Inventur das gesamte Dekor um.

Vielleicht bin ich einfach nicht sensibel genug für die geheime Harmonie der Dinge? Aber warum sollte man sich mit einem dermaßen nutzlosen und ausgefallenen Krempel umgeben: ein Bronze-Stier in aller Ruhe neben einem Bronze-Bär, ein Holzfäller, der sich, auf seine Axt gestützt, die Stirn abwischt, gegenüber eine Wanduhr in preziösem Stil und darüber allegorische Aktdarstellungen und Putti?

Mechanisch rieb ich Daumen und Zeigefinger aneinander, genau an der Stelle, wo von meiner Verletzung nur noch eine ganz leichte Verdickung der Haut zu spüren war. Seltsamerweise ließ mich das an Ana denken, und sofort drängten sich mir so exakte Bilder auf, dass mir Tränen in die Augen traten. Ich war verwirrt von der Plastizität meines Geistes. Die unsichtbare Hornschicht unter meiner Epidermis musste irgendwie mit alten, in meinem Gehirn eingegrabenen Wunden in Verbindung stehen.

Mama kam noch immer nicht herunter.

Agon ließ einen schweren Panther fallen. Aufgescheucht von dem Krach, kam der Direktor herbeigeeilt. Ich beruhigte ihn und stellte die robuste kleine Figur wieder auf ihren Platz zurück. Agon bedeutete ich, doch ein wenig frische Luft schnappen zu gehen.

Durch das große Fenster sah ich, wie er das Gelände vor dem Hotel abschritt. Er wirkte ein wenig verloren in dieser Höhe, wie er so hin und her ging. Alle paar Meter warf er sich in die Brust, eine Übung, die seine inzwischen von allen Fesseln befreiten Gelenke trainieren sollte. Er schien jede seiner Bewegungen abzuwägen, als würde ihn die diffuse Ahnung einer drohenden Gefahr verlangsamen. Vor einem Strauch blieb er stehen. Er riss ein Blatt ab, zerrieb es und schnupperte eine ganze Weile daran. Dann warf er es weg, weil es entweder nicht nach seinem Geschmack war oder weil seine Beziehung zum Park des *Grand National* nicht speziell genug war.

Scheidegger winkte mich zu sich. Ich klopfte gegen die Scheibe, damit Agon sich zu uns an die Rezeption gesellte.

»Das entspricht nicht ihrer Gewohnheit. Sie ist stets sehr pünktlich. Ich werde auf ihrem Zimmer anrufen«, hauchte der Direktor und hielt sich bereits den Hörer ans Ohr.

Er ließ es lange klingeln und lächelte dabei die ganze Zeit. Es war ziemlich irritierend.

Schließlich sagte er, während seine Augen sich zusehends weiteten: »Sie geht nicht ran.«

»Vielleicht kommt sie ja gerade herunter.«

Wir warteten zwei Minuten.

»Wir sehen mal nach«, entschied ich schließlich.

Die Tür war nicht versperrt. Das war mit dem Personal so abgemacht, damit man im Notfall ihr Zimmer betreten konnte.

Die Fensterläden waren geschlossen. Sie saß in ihrem Sessel.

Agon ging vor mir hinein. Das Parkett knarrte unter seinen Schritten.

»Madame Weiss!«

Er blieb vor ihr stehen.

»Mein Name ist Agon. Ich bin eine Angestellter Ihres Sohnes und ...«

Ich öffnete das Fenster und klappte einen der Läden zurück. Ein frischer Luftzug drang ins Zimmer.

»Ich bin ein Angestellter Ihres Sohnes. Mein Name ist ...«

Agon verstummte.

Er gab mir ein Zeichen, den Fensterladen wieder zu schließen.

Mamas Kinn war auf ihre Brust gesunken. Sie fixierte den Boden, als wolle sie einen winzigen Gegenstand auf dem Teppich ausfindig machen und hätte dabei plötzlich den Faden verloren. Sie war noch nicht ganz angezogen. Ein Strumpf hing an ihrem nackten Bein herab wie ein alberner Auswuchs der Haut. Sie war auf ihrem aufgestützten Arm zusammengesunken und sah aus wie eine Puppe, die ein kleines Mädchen, nachdem sie etwas zu grob mit ihr gespielt hatte, einfach liegen gelassen hatte.

Agon bückte sich und strich ihr mit der Hand übers Gesicht, um ihr die Augen zu schließen. Dann fasste er sie vorsichtig am Kragen unterm Kiefer. Er setzte sie zurecht und schloss ihr den Mund, der leicht geöffnet war.

»Sie ist ganz plötzlich geholt worden, von einem Augenblick auf den anderen.«

»Sie hat nicht gelitten.«

Ich weinte. Agon legte mir den Arm um die Schultern. So standen wir eine Weile schweigend.

»Während wir noch im Erdgeschoss auf sie gewartet haben«, murmelte ich.

»So können wir sie nicht lassen«, sagte schließlich Agon.

»Nein.«

»Das wäre unwürdig.«

»Ja.«

»Sie soll vorzeigbar aussehen.«

»Ja.«

»Sie soll so aussehen, wie sie selbst vor Fremden hätte erscheinen wollen.«

»Ja. Genau.«

»Sieh mal im Kleiderschrank nach!«

»Meinst du … ich soll … wirklich, also, weil …«, stammelte ich unter Schluchzern.

»Da hängt bestimmt ein Rock.«

Agon fasste Mama unter den Achseln. Er hob sie mit einer Leichtigkeit hoch, als ob er ein großes Laken hätte ausbreiten wollen, und setzte sie gerade in den Sessel.

Dann ging er auf die Knie, zog ihr mit unendlicher Zartheit den verhedderten Seidenstrumpf aus, sammelte das Nylon zwischen seinen Fingern, zog das Päckchen auseinander, indem er die Daumen nach innen schob, führte es über ihre Zehen und dehnte es vorsichtig bis zu ihrer Ferse, um es schließlich mit abgewandtem Kopf, den Blick auf die Wand gerichtet, hochzuziehen.

Ich habe ihm oft zugesehen, wie er mit seinen großen Händen Verrichtungen mit äußerster Präzision vollführte, wie er höchst geschickt ein Pfropfreis unter einen Rindenspalt führte und verband. Er ließ Mama dasselbe chirurgische Feingefühl angedeihen, wie er es auf einen jungen Kirschbaum verwendete. Ohne den imaginären Punkt an der Wand aus den Augen zu verlieren, zupfte er den Strumpf an ihrem anderen Bein zurecht. Dann strich er ihre Bluse glatt und legte ihre Perlenkette wieder ordentlich hin.

Ich reichte ihm das Kleidungsstück, das ich ausgesucht hatte, einen geraden Rock aus schwarzem Wollstoff.

»Das passt sehr gut«, sagte Agon.

Er zog ihn ihr so mühelos an, als würde Mama gleich selbst mithelfen. Dann strich er die Falten am Rocksaum aus, erhob sich und trat einen Schritt zurück.

»Hol mir eine Haarbürste aus dem Bad!«

Als ich ins Zimmer zurückkam, staunte ich nicht schlecht, so hübsch war sie zurechtgemacht, bereit, so schien es, eine unterbrochene Unterhaltung wiederaufzunehmen.

Agon fuhr ihr zwei- oder dreimal vorsichtig mit der Bürste übers Haar. Er legte ein paar widerspenstige Strähnen zurecht und drückte sie glatt. Er atmete jetzt schwer und geräuschvoll, und ich wagte nicht, ihn anzusehen, aus Angst, erneut weinen zu müssen.

»So.«

Sie sah aus, als wäre sie friedlich eingeschlummert, und mir ging plötzlich ein seltsames Bild durch den Sinn: von Mama als junger Frau mit eleganter Silhouette im afrikanischen Busch, mit hohen Stiefeln, einer beigen Hose mit gepufften Oberschenkeln, einer ausgeschnittenen Bluse in derselben Farbe und einem breitkrempigen Hut, lächelnd, glücklich und verliebt, in die Betrachtung der bläulichen Dämpfe versunken, der in der Sonne verdorrten Gräser, der stachligen Sträucher, diskret Ausschau haltend nach einem Gartenrotschwänzchen.

Ihr war jedoch kein Abenteurerleben beschieden gewesen. Sie kannte nicht die schweigenden Märsche hinter dem Führer, der den Weg bahnte, nicht den langen Zug der Träger, die in geschlossener Reihe auf kaum ausgeprägten Pfaden die Savanne durchqueren, bis zum nächsten Etappendorf, wo Mädchen mit komplizierten Frisuren unter improvisierten Strohdächern den Fremden erfrischendes Wasser aus Kalebassen anbieten. Sie kannte nicht den Lärm der Stößel in der anbrechenden Morgendämmerung, der bis zu den Höhlen trägt, in denen sich die wilden Tiere verkrochen haben.

Agon nahm eine Untertasse, die auf dem Nachttisch stand, und verschwand damit ins Bad. Als er wiederkam, war sie mit Wasser gefüllt. In kleinen Schritten trug er sie vor sich her und stellte sie an der Stelle ab, wo er sie weggenommen hatte.

»Was machst du da?«

»Bei uns sagt man, dass die Seele nach dem Tod noch eine Weile im Haus bleibt. Sie schwebt in der Höhe, über den Regalen, über den Türrahmen.«

Ich konnte es mir nicht verkneifen, aus dem Augenwinkel einen Blick zu dem Raum über dem Kleiderschrank, den Stuckverzierungen an der Decke, zum Lüster hinauf zu werfen.

Agon betrachtete mich mit trauriger, väterlicher Herablassung.

»Man stellt das Wasser dorthin, wo die Seele zum Ruhen kommt, direkt neben die Stelle, wo der Kopf des Verstorbenen lag.«

Ich zuckte mit den Schultern, aber ich musste so tun, als glaubte ich es.

»Trinkt sie?«

»Hm?«

»Die Seele, trinkt sie?«

»Natürlich. Ganz langsam wird das Wasser weniger.«

Es gab nichts zu erwidern, weil es ganz offensichtlich so war.

»Seelen sind wie Vögel«, schloss Agon.

Scheidegger gehörte zu den Menschen, die sich Unannehmlichkeiten weitestmöglich zu ersparen pflegten, aus Angst, ihre kärgliche innere Flamme könne womöglich ganz verlöschen, Menschen, bei denen man sich des Eindrucks nicht erwehren kann, dass sie weniger Leben in sich haben als der Durchschnitt. Die Neuigkeit versetzte ihn für einen langen Moment in eine Art Schockstarre, bis ich mit einem lauten Schniefen den Bann der Lähmung brach, unter dem er zu stehen schien.

Verängstigt, wie er war, schien der kleine kahle Mann zum ersten Mal wahrzunehmen, dass sein ganzes Hotel wirkte, als sei es in einem Zustand aus dem vorigen Jahrhundert erstarrt. Er flüsterte: »Tot. Mein Gott. Aber wie … ein Unfall?«

»Nein, nein.«

Scheidegger war erleichtert, was nur aus dem feinen Zittern am äußersten Rand seiner Mundwinkel ersichtlich war. Sein Schädel glänzte, und ein gebrochener Lichtstrahl des Kronleuchters bildete einen wandernden Punkt darauf, wann immer er den Kopf bewegte.

»Das tut mir leid. Mein aufrichtiges Mitgefühl.«

»Danke.«

»Es ist das erste Mal, dass …«

Er wirkte verloren. Der winzige weiße Fleck blieb eine ganze Weile oben auf seinem Schädel stehen, als wäre ein hochkonzentrierter Laserstrahl an dieser Stelle in sein Gehirn eingedrungen und hätte es stimuliert. Er verdrehte mehrmals die Augen, vielleicht infolge eines innerlichen Kribbelns.

»Es ist bloß … weil gestern Vormittag eine chinesische Familie eingetroffen ist.«

»…?«

»Die Lis. Das ist heikel.«

»Was ist heikel?«

»Sie müssen verstehen! Diese Kundschaft ist höchst kostbar. Das Geschäft springt gerade ein wenig an, mit Indern, Russen, Chinesen. Und was jetzt vorgefallen ist, hm … Wir müssen eben das Beste daraus machen.«

»Genau. Wir müssen das Beste daraus machen«, schnaubte ich.

Agon stemmte die Ellbogen auf die Theke. Scheidegger wankte, hielt jedoch die Stellung.

»Ich werde ein Bestattungsunternehmen in Montreux rufen. Zur Feststellung des Todes und für die Überführung des Leichnams …«

Er wich ein wenig zurück, und der Leuchtpunkt auf seinem Schädel verkleinerte sich, bis er fast unsichtbar war.

»Es gibt trotzdem ein Problem.

»Was denn für ein Problem?«

»Die Überführung. Sie müsste in der Nacht vorgenommen werden.«

»In der Nacht?«

»Aus Diskretion … Verstehen Sie doch, das Ansehen unseres Hauses. Man kommt doch nicht von so weit her und will hier seinen Urlaub verbringen, um sich dann mit dem Tod auseinanderzusetzen.«

Agon baute sich vor ihm auf und spähte forschend zu mir

herüber; er suchte nach einem Hinweis, ob er seine physische Autorität spielen lassen dürfe, um den Direktor zur Ordnung zu rufen. Offenbar interpretierte er meine ernste Miene als Aufforderung zur Zurückhaltung, schaute jedoch verdrossen drein, wie jemand, der darunter leidet, sich in einer Welt bewegen zu müssen, in der die Dinge nie nach den elementaren Regeln des Lebens gehandhabt werden.

»Ich stelle Ihnen für die Nacht ein Zimmer zur Verfügung. Unser bestes. Unentgeltlich selbstverständlich. Und natürlich das Abendessen.«

Die Bestatter würden um halb vier Uhr in der Nacht im *Grand National* eintreffen und den diskreten Abtransport von Mama organisieren. Scheidegger hatte dies mit dem Unternehmen geklärt und würde uns rechtzeitig wecken.

Er brachte uns auf der zweiten Etage unter, mit Blick auf die Alpen und den See.

Agon wanderte im Zimmer umher. Er faltete die beiden Bademäntel auf, die uns der Zimmerkellner als Schlafanzugersatz gebracht hatte, und staunte darüber, dass etwas, das aussah wie ein Badetuch, Ärmel und Kapuze hatte. Er zog die Schublade an dem kleinen Tischchen heraus und befühlte die Qualität des Briefpapiers, das in der Ledermappe lag. Er drückte an der nagelneuen Kaffeemaschine herum, fragte, ob ich einen Kaffee wolle, und bereitete sich, da ich sein Angebot ausschlug, selbst einen, den er langsam und genüsslich trank, während er das Gemälde über dem Bett betrachtete, auf dem ein junges Mädchen gebückt inmitten eines Narzissenfelds stand. Er machte mehrmals die Fenster auf und zu, um zu prüfen, wie geschmeidig sie schlossen und ob sie auch wirklich dicht waren. Schließlich verschwand er im Bad, um dort noch weitere Bekanntschaften mit dem Luxus zu schließen. Ich hörte Wasser plätschern, das Rauschen des Föns, das Klirren von Porzellan und noch allerlei weiteres Geklacker.

Ich trat auf den Balkon hinaus. Der Nebel endete bei den ersten Häusern des Dorfs. Das Hotel thronte über einem Schäfchenmeer. Langsam setzte sich die Dunkelheit durch in einer allzu transparenten Umgebung. Sie senkte sich auf eine Hochglanz-Landschaft, auf ein Hochglanz-Dorf, gegründet von Frauen und Männern, die offenbar eine Intuition gehabt hatten, dass eines Tages das Mobiltelefon mit integriertem Fotoapparat und einer Auflösung von mehreren Megapixeln erfunden werden würde.

Scheidegger hatte mich um Erlaubnis gebeten, Favre benachrichtigen zu dürfen.

Nicht einmal zehn Minuten später war er da, verbrachte fast eine halbe Stunde in der dritten Etage, und als er mit geläutertem Gesichtsausdruck wieder herunterkam, erfasste mich eine Welle der Dankbarkeit gegenüber Agon, der daran gedacht hatte, Mama für ihr letztes Rendezvous mit dem alten Lehrer herzurichten.

Wir legten uns für die kurze Nacht schlafen.

Agon kuschelte sich mit angezogenen Beinen unter die Bettdecke und schlief sofort ein. Die Dinge um ihn herum waren, eins nach dem anderen, begutachtet und abgewogen worden. Er schnarchte mit einer Regelmäßigkeit wie eine Orgel mit nur einer Pfeife, und seine sonore Körpermasse bildete um ihn herum eine Barriere gegen alles, was nicht sein Schlaf war.

Er besaß die Gabe, nur sich selbst unterworfen zu sein. Schon in seiner Jugend hatte er die Fähigkeit entwickelt, sich aus der Realität zurückzuziehen, weil es nämlich im Schoße seines Regimes zwei Arten von Menschen gab: die einen, die lernten, einen Raum des Protests für sich zu schaffen, in dem sie sich nach ihren eigenen Vorstellungen bewegen konnten, und die anderen, die keinerlei Talent für Versunkenheit besaßen und sich stattdessen von der konkreten Welt, deprimierend wie sie war, überfluten ließen. »Man muss die Tür hinter sich zumachen können«, sagte er oft.

Agons geräuschvolle Gegenwart, das Telefon auf dem Nachttisch, dessen Klingeln uns um drei Uhr aus dem Schlaf reißen würde, Mama, allein, ausgestreckt auf ihrem Bett im dritten Stock, ziemlich genau über uns, mit geschlossenen Augen, neben ihr ein Unterteller mit Wasser darin: Ich war außerstande, die Elemente meines Lebens auf kohärente Weise zusammenzubringen.

Vielleicht ist unser Dasein ja nichts weiter als eine geöffnete und dann wieder geschlossene Klammer mit einem bisschen unergründlichem Raum dazwischen?

Man muss sich gegen seinen Willen mitreißen lassen, darf nicht zulassen, dass sich die Dinge ansammeln und zu Paketen werden, die einen verbeulen und beschweren, man muss sein wie ein glattes, rundes Sandkorn, das geradewegs auf den Grund des Tümpels sinkt, pflegte Agon zu sagen. Diese Philosophie tat schließlich das ihre, um mich in den Schlaf sinken zu lassen.

Wir zogen uns schweigend an. Ich schob die Fensterläden auf, ohne ein Geräusch zu verursachen. Das lange schwarze Auto stand bereits im Hof unweit des Eingangs.

Scheidegger erwartete uns in Begleitung zweier Angestellter der Bestattungsfirma an der Rezeption. Die beiden wirkten nicht im Geringsten düster, sondern eher heiter, wie vertraute Kunden des Hotels, die von einer Tour durch die Bars und Tanzlokale der Riviera heimkamen.

Sie schüttelten uns die Hand und murmelten ein paar Worte des Beileids, standen dicht, aber nicht zu dicht vor uns, jederzeit bereit, uns im Falle einer Schwäche zu stützen, und sehr professionell. Agon war aufgewühlt. Vielleicht dachte er an seine alte Mutter, wie sie vor der Tür seines Elternhauses saß und ihr Haschisch kaute? Ich war benommen von der Wirkung, die der Tod meiner Mutter auf jemand anderen als mich selbst haben konnte, und Agons Traurigkeit machte mich noch trauriger. Agon schniefte und versuchte dann, sich wieder zu fassen, wohl weil ihm seine Rührung peinlich war und er das Gefühl hatte, dass sie eigentlich nur mir zustand.

»Wir bringen jetzt den Sarg ins Zimmer hinauf. Wenn alles fertig ist, holen wir Sie.«

Die Bestatter verschwanden durch die Drehtür, die sich ins Dunkle öffnete. Während ich noch grübelte, wie sie wohl mit ihrer Fracht da hindurchkommen würden, klärte mich Scheidegger auf: »Sie nehmen den Lieferanteneingang auf der Rückseite.«

Er verstummte, schlug die Augen nieder und schien in sich zu gehen, um die Tragik der Situation einzuschätzen. Es dauerte kaum länger als zwei Sekunden.

Dann fügte er hinzu: »War das Zimmer zu Ihrer Zufriedenheit?«

Agon brummte etwas.

»Ja«, brachte ich schließlich heraus.

»Einen Tee oder Kaffee?«

Etwas ratlos zuckten wir mit den Schultern. Aber der

Direktor hatte bereits den Hörer am Ohr: »Wir bringen beides, wir bringen beides. Ich lasse Ihnen das Frühstück im Salon servieren. Bitte, setzen Sie sich doch!«

Ein Kellner brachte uns ein Tablett, das mit einer weißen Rose in einer Vase geschmückt war. Agon fixierte mich mit solchem Nachdruck, während er die Brötchen, den Käse, die Wurst und den Schinken samt Marmelade verschlang, dass ich mich schuldig fühlte, weil ich nichts davon anrührte. Mir war unangenehm bewusst, dass mein Organismus um diese nachtschlafende Zeit nicht allzu gut funktionierte.

Plötzlich betroffen von der Lautstärke seiner eigenen Kaugeräusche in der Stille des leeren Hotels, hielt Agon mit halboffenem Mund inne, ein mit Salami umwickeltes Croissant in der Hand.

»Iss!«, stieß er hervor.

Spucke und Brösel flogen in Richtung der Bronzeskulptur des auf seine Axt gestützten Holzfällers, dann schlang er weiter in sich hinein, wenn auch mit etwas gebremstem Elan, bis Scheidegger uns wissen ließ, dass wir hinaufgehen konnten.

Die beiden Angestellten des Bestattungsunternehmens trugen den Sarg auf der Schulter. Als sie unter dem Türrahmen hindurchtraten, beugten sie leicht die Knie.

Wir folgten ihnen den Flur entlang. Die Kristalle des Lüsters klingelten leise, als der Sarg sie streifte. Sicheren Schrittes und ohne dabei ihre Haltung zu verändern oder zu zögern, betraten die beiden Träger die Treppe, wie Sportler, die scheinbar mühelos eine Bewegung ausführen, die sie im Training tausendfach eingeübt haben. Das helle Holz war vermutlich nicht die erste Güteklasse, Esche mit Naturlasur, das Modell Chasseral, höchst passend für eine alte Dame, hatte mir einer der beiden

Angestellten zugeflüstert, und Mama, die schon vor ihrem Tod mit dem Sterben begonnen hatte, wog nicht schwer. Beim Abstieg fragte ich mich, ob sie womöglich mit dem Kopf nach unten im Sarg lag, bis mir ein kleines Kreuz auf dem Deckel auffiel, das zweifelsohne ebendiesem Zweck diente, nämlich anzuzeigen, wie herum der Leichnam im Inneren lag, zumal wenn der Sarg nahezu senkrecht gehalten werden musste. Auf den Treppenabsätzen war das Manövrieren wegen der herumstehenden Bistrot-Tischchen und Schmuckgegenstände schwierig, und die Träger stießen gegen die vergoldeten pilzförmigen Gebilde, die auf jedem Stockwerk den Beginn des Geländers markierten.

Dann durchquerten sie die Eingangshalle. Sie kamen an den technischen Betriebsräumen vorbei und schlugen den schmalen Gang vor den leeren, stillen Küchen ein. Von den schmutzigen Wänden ging ein Geruch von ranziger Milch aus. Schließlich traten sie durch die kleine Tür des Dienstboteneingangs an der Rückseite des Gebäudes ins Freie.

Sie gingen um das Hotel herum bis zum Hof auf der Vorderseite, wo ihr Wagen stand.

Ein einziges Fenster war in der schwarzen Fassade erleuchtet, das des Zimmers im dritten Stock, wo niemand das Licht ausgemacht hatte, das Zimmer, das Mama vor dem Krieg als junges Mädchen mit von Bullion und seinen Vögeln geteilt hatte.

Damals durchquerte Mama in den frühen Morgenstunden, wohl ungefähr zur selben Zeit wie jetzt, die Eingangshalle, schlich an den technischen Betriebsräumen vorbei in den schmalen Gang vor den von Stimmengewirr und fiebriger Geschäftigkeit summenden Küchen, den schmalen Gang, von dessen eigentlich sauberen Wänden dennoch ein Geruch von ranziger Milch ausging. Diskret schlüpfte sie durch den Türeingang an der Gebäuderückseite, der für das Personal und die Lieferanten vorgesehen war, und trat in die Nacht hinaus. Sie stieg auf ihr Fahrrad, das sie hinterm Holzschuppen versteckt hatte, und fuhr auf Schleichwegen nach Glion, auf ebenden Wegen, die jetzt im Mondlicht schimmerten und deren Spur man in den Wiesen erahnen konnte, bis hinüber zu der an den Hang geschmiegten Eisenbahnüberführung.

Ein Röcheln löste sich aus meiner Kehle, und im nächsten Augenblick ereilte mich eine Umarmung von Agon, mit seiner ganzen Kraft. Ich war ergriffen. In genau dem Augenblick, als der Sarg in dem schwarzen Kombi der Bestattungsfirma verschwand, hob Agon mich hoch, als wolle er mich, so irrational dieser Gedanke auch war, in den Himmel hinaufwerfen.

Ich tat nichts, um mich aus seinem Griff zu befreien. Meine Füße berührten die Erde nicht mehr.

Einer der beiden Angestellten räusperte sich. Sie waren abfahrbereit. Die Arme, die mich umschlungen hielten, wurden weicher, und Agon setzte mich sanft wieder ab.

Wir bedankten uns bei den beiden Männern, die uns noch einmal ihr Beileid aussprachen. Sie versicherten uns, dass alles nun seinen geregelten Gang gehen werde und wir uns ab zehn Uhr in der Friedhofskapelle von Saint-Martin einfinden konnten, um uns von der Verstorbenen zu verabschieden.

Die Sterne über uns waren erstaunlich nah, jedoch schon etwas verschwommen vom baldigen Tagesanbruch.

Mit einem Schlag spürten wir die Kühle der Berge.

Ich sog die Luft tief ein, und die Partikel, die meine Nasenwände überzogen, rochen nach Himmel.

Ich hatte mir nie die Frage gestellt, ob Mama eigentlich ein glückliches Leben hatte.

Und sie hatte sich durch die Seitentür hinausgeschlichen.